# LOIN D'ODILE

DU MÊME AUTEUR

VOLLEY-BALL, *roman,* 1989
L'AVENTURE, *roman,* 1993
LE PONT D'ARCUEIL, *roman,* 1994
PAUL AU TÉLÉPHONE, *roman,* 1996
LE PIQUE-NIQUE, *roman,* 1997

Ce livre a été écrit
avec l'aide du Conseil général
de la Seine-Saint-Denis.
Qu'il en soit ici remercié.

CHRISTIAN OSTER

# LOIN D'ODILE

LES ÉDITIONS DE MINUIT

© 1998 by LES ÉDITIONS DE MINUIT
7, rue Bernard-Palissy, 75006 Paris

ISBN 2-7073-1604-0

Exagérons. Disons qu'il fut un temps, pas si éloigné, du reste, où je vivais avec une mouche.

Ce n'est pas une métaphore. C'était une vraie mouche, et, quant à prétendre que je vivais avec elle, qu'on me pardonne, mais, à l'époque, j'ignorais ou j'avais oublié que l'existence de ce diptère n'excède jamais quarante-huit heures. En outre, vivant fort peu depuis nombre d'années – nous y viendrons –, il était parfaitement vraisemblable que j'eusse, confronté à une mouche – j'entends une mouche opiniâtre, bien sûr, une mouche solidement installée dans sa brève persistance de mouche, car je n'ignorais pas, malgré tout, que certaine brièveté présidait à ses jours –, éprouvé la sensation que je partageais sa vie, ou qu'elle partageait la mienne. Ou encore, pour dire les choses au plus près, qu'occupant tout ou partie de mon domicile, au gré de ses incessantes explorations, elle y défendait son territoire avec une telle constance que le moins que je pusse faire, dans ces conditions, de son point de vue, du moins, était de l'accepter, ou de l'adopter, en tout cas de la traiter avec tous les égards dus à la résidente qu'elle se proposait d'être, dont elle revendiquait clairement le statut, et ce dans le respect des droits qui lui échéaient en tant que telle.

Il n'en était rien, bien sûr. A cette mouche, je n'avais pas l'intention de reconnaître le moindre droit. Au vrai, je ne l'avais jamais aimée et je n'entendais nullement la ménager. Je n'avais pas voulu, certes, quand elle était entrée chez moi, la reconduire tout de suite au-dehors, persuadé que, en cette fin de novembre, par une température de cinq degrés, à Paris, sa présence dans l'appartement était d'une telle incongruité qu'elle eût dû disparaître d'elle-même sous le seul effet du bon sens.

Par souci de réalisme, d'ailleurs, et faute de m'expliquer sa présence, je tentai bientôt de mettre de mon côté toutes les chances dont je disposais objectivement pour m'en défaire, et, pour commencer, à cette mouche surgie de je ne savais où, j'ouvris la fenêtre, et même les fenêtres, de façon qu'elle s'y engouffrât sans plus de retard et

8

que, regagnant l'extérieur, elle m'apportât la preuve qu'elle n'était guère plus qu'une illusion et qu'elle n'eût jamais dû se trouver là où je l'avais vue la première fois, à savoir sur le bras de mon fauteuil, à deux de ses pas du journal intime que j'avais commencé de rédiger le jour même et dont elle menaçait, de ses pattes grêles, d'arpenter les toutes premières lignes.

Pourtant, quand j'eus refermé les fenêtres, elle était toujours là. Tandis que j'étais allé faire un tour dans les modestes profondeurs de l'appartement, le temps que de son côté elle voulût bien partir, elle était restée là, imaginai-je, sur le bras de mon fauteuil, à moins que de nouveau elle ne s'y fût posée au retour d'une brève excursion dans la cuisine, par exemple. J'émettai, à ce stade, l'hypothèse qu'elle eût pu, par la température qui régnait, et recherchant plus encore le gîte que le couvert, faire le choix de se maintenir au chaud. Et, de fait, à la considérer sur le bras de mon fauteuil – j'étais resté debout, hésitant à m'y asseoir pour y reprendre mon journal –, peu active, en vérité, hormis le soin qu'elle prenait d'elle-même, se lissant ou se suçant les pattes – je refusai, pour m'en assurer, de chausser mes lunettes de récent presbyte, ne souhaitant pas lui accorder plus d'attention qu'elle n'en méritait –, je la jugeai plutot satisfaite de son sort et résolue, m'apparut-il, à demeurer chez moi le plus longtemps possible, de façon, sans doute, à reprendre des forces – à moins, hésitai-je là encore, peu instruit que j'étais de manière générale sur les mouches, qu'elle n'eût tout bonnement pris le parti de s'y installer le temps qu'il lui restait à vivre.

J'ignorais tout, ou presque tout, je l'ai dit, de la longévité des mouches. Ignorance majeure, sans doute, s'agissant d'un domaine commun, mais qui, avec le recul, ne m'étonne guère. De culture générale pauvre, je ne me suis, en outre, spécialisé dans presque rien. En fait, ma nullité dans maint secteur me désespère, mais, pour peu que je m'apprête à la combattre, j'en mesure immédiatement l'étendue et ce simple constat me décourage.

Cependant, refusant toujours de faire le moindre geste qui pût témoigner qu'à cette mouche je portais un quelconque intérêt, j'écartai fermement la possibilité que j'avais de m'éclairer tant soit peu sur ses us en allant consulter un de mes deux ou trois dictionnaires. Je repris la rédaction de mon journal, tâchant d'ignorer l'animal, qui, nullement gêné par ma présence, attiré au contraire par ce que je supposais être mon odeur, ou celle de l'encre, passa du bras de mon fauteuil au dos de ma main droite, avec laquelle je tentais d'écrire. Subissant son intolérable progression sur l'insuffisante catapulte que constituait tel poil de ma main, qu'en trébuchant la mouche courbait sous son poids et duquel, en une problématique enjambée, elle ralliait tel autre poil, toujours à la limite de la chute, je n'avais, en dépit de l'agaçant chatouillis qu'induisaient ses exploits, pas le moins du monde envie de rire. A plusieurs reprises je la chassai, de ce même dos de la main qu'elle explorait, mais, quand elle consentait à n'y plus revenir, pour un temps, c'était pour se poser sur ma feuille, et de préférence sur une phrase, et souvent, même, sur celle que je m'efforçais de mettre en forme, de mes graphes maladroits dont elle venait ainsi compliquer la difficultueuse scription en enjambant mes jambages ou, encore, en venant frotter ses poils à ma plume, qui ne semblait pas lui faire plus d'effet que ça.

Je pris le parti, donc, le premier jour, de m'enfermer dans le salon, ou plutôt de l'enfermer, elle, dans la cuisine, en présence d'une table où subsistaient quelques miettes, de sorte que, disposant chacun d'une pièce, nous ne nous gênâmes plus. Nous passâmes ainsi une partie de la journée, chacun à notre affaire, et, quand je gagnais la cuisine

pour le dîner, et que je l'y retrouvai, encore atta-
blée devant les dernières miettes, j'avais oublié
jusqu'à son existence. J'en pris de nouveau
conscience, néanmoins, et l'enfermai cette fois
dans le salon, où je la laissai pour la nuit.

Je passe sur le deuxième jour – je ne voudrais pas
lasser –, mais, au troisième, elle était toujours là, et,
au quatrième, un peu tendu, je me posai de nouveau
le problème de son espérance de vie. Je consultai
cette fois mes dictionnaires. En vain. Je ne m'étais,
me dis-je, pas non plus spécialisé en matière de
dictionnaires, et sans doute n'avais-je point fait ce
qu'il fallait, dans ce domaine, pour me correcte-
ment lotir. Ne sachant trop que penser, donc, je
m'avisai que la question était peut-être ailleurs, au
fond, et qu'il pouvait s'agir d'une autre mouche. En
effet, jusqu'alors, j'avais imaginé ma mouche seule.
Au vrai, l'idée de cohabiter avec deux, voire trois
mouches ne m'agréait guère, mais une telle hypothèse présentait l'avantage, au moins, de m'éviter
l'agacement qu'eût fatalement entraîné, à la longue,
la certitude de vivre avec une seule mouche et de
dépenser toutes mes forces à la fuir. Il y avait dans
cette confrontation une disproportion intolérable,
et je préférais songer, en fin de compte, que deux
mouches, au moins, se relayaient pour me harceler.

Evidemment, cela étant posé, je ne savais jamais à quelle mouche j'avais affaire – tant il est vrai qu'entre deux mouches, à défaut d'une loupe et d'un gros volume d'entomologie, il est difficile de procéder à quelque distinction. De sorte que bientôt, chassant la mouche qui m'importunait, je ne sus quel degré d'animosité lui témoigner, ignorant que j'étais de son ancienneté dans mon harcèlement, et jamais certain, en définitive, de châtier telle mouche avec la rigueur qui s'imposait. Je n'en retirais, cela va sans dire, aucune culpabilité, et souffrais surtout, chassant la mouche qui se présentait à moi, de ne pas savoir à qui réellement j'expédiais ma gifle.

J'eus cependant la chance de sortir de cette impasse. Je m'avisai en effet que, s'il était possible que je cohabitasse avec deux mouches, je ne les avais en revanche jamais vues ensemble. Elles pouvaient sans doute ne pas s'entendre, ou être de même sexe et ne point rechercher le contact, mais, de là à s'approprier chacune une pièce, cela ne me semblait guère envisageable. C'était au moins excessif. J'acquis donc la conviction, peu à peu, que j'avais eu raison dès le départ et qu'il n'y avait jamais eu qu'une seule mouche, et, désormais, nos rapports devinrent plus clairs. Je la couchai même dans mon journal, où, peu sensible à ce que comportait d'abstrait un tel hommage, elle persistait à physiquement s'immiscer. Bref, je commençais, pour ce qui me concernait, à l'intégrer, et, sans aller jusqu'à parler d'attachement, donc, je devais bien constater que je lui accordais de l'importance. Et c'était très bien comme ça. J'étais même bien comme ça. Jamais dans ma vie, je crois, et en dépit de mainte expérience palpable dans ce domaine, je n'avais témoigné d'un accord si concret avec le désenchantement.

C'est que j'entrais alors dans ma quarante-cinquième année et que, en vérité, cela faisait trois ans que j'avais arrêté de vivre. Le décompte était aisé, et je me disais que quarante-deux ans de vie, pas toujours intense, certes, mais quelquefois, quand même, ça n'était pas si mal. La dernière fois que j'avais vécu, assez récemment, donc, c'était au sortir d'une histoire compliquée avec une femme au demeurant simple, un être direct, d'une franchise à couper le souffle, que j'avais quittée faute de l'aimer assez pour imaginer que je l'aimais encore. Au fond, je l'avais beaucoup aimée, probablement trop, comme il m'arrivait de faire, et, lassé de ma propre ivresse, incapable d'entretenir plus avant la fiction en quoi consistait, me semblait-il, toute histoire de cœur, j'avais jeté l'éponge, renouant avec la platitude des jours, enfin libéré quoique lugubre, et ne sachant trop que faire d'une liberté qui, pour être sereine, ne me mettait pas tout à fait à l'abri du non-sens.

De l'extérieur, n'était un masque froid, je paraissais donc en pleine forme, et il n'est pas étonnant que dans ces conditions j'eusse pu faire la conquête d'Odile, une très jeune femme que j'avais d'abord croisée dans une des rares soirées où mes quelques amis voulaient bien de loin en loin me convier.

Je n'avais nullement l'intention de m'amouracher d'Odile, bien entendu, et de repiquer au genre sentimental, dont je venais d'éprouver les limites, et, très sûr de moi, je l'avais laissée m'approcher avec morgue, vaguement excité, toutefois, à l'idée que sans lever le petit doigt je conservais le don de piéger, parmi les femmes, celles qui prenaient d'abord le temps de m'accorder quelque attention. Particulièrement maître de mes émotions lors de notre deuxième vraie rencontre, à mon domicile, j'avais attendu qu'elle fît le premier pas et le lui avais emboîté en toute confiance, me lâchant même la bride au moment qu'il est classiquement convenu qu'on bascule, emporté dans le vertige d'un regard qui soudain s'ouvre, fasciné par le satiné d'une peau forcément neuve, puis aimanté, malgré la répétitivité de son schème, par la toujours troublante singularité d'un sexe. Tout s'était bien passé et, parfaitement revenu de mon abandon, j'avais accepté, un peu par paresse, il est vrai, qu'on se fît signe afin de se revoir dans un délai raisonnable, que j'imaginais de l'ordre de la quinzaine.

Cependant, huit jours plus tard, je dus me rendre à l'évidence que depuis quarante-huit heures déjà je refrénais mon envie de l'appeler. Comme, au reste, je me sentais tout aussi sûr de moi, je n'hésitai pas à l'appeler dans l'instant pour mettre un terme à une frustration que j'estimais ne point mériter de vivre, et qui me mettait dans une position tout à fait contradictoire, jugeai-je, avec la morgue dont continuait de me draper ma solide lassitude, que nulle aventure n'eût pu suffire à sérieusement entamer.

Mais je ne parvins pas à contacter Odile. Je réessayai plusieurs fois dans la journée, puis le lendemain, et au bout d'une semaine, ayant passé mon temps à m'efforcer de la joindre, je dus bien constater que je ne pensais plus qu'à elle, alors même que je commençais d'oublier son visage, à l'exception de l'éclat qu'il prenait dans le plaisir. Seule me restait en mémoire, en outre, la douceur de sa peau, mais ces deux détails suffisaient pour aggraver la dépendance dont j'étais devenu le siège, ou plutôt le lieu, sorte de théâtre vide où j'attendais toujours en vain que se rejouât la même scène : Odile s'abandonnant, mes mains courant sur elle à la recherche d'une caresse qui pût à elle-même se suffire, mais que toujours attirait quelque autre pôle, que toujours venait à surprendre quelque autre faille, les laissant, en dépit du secours de mes lèvres, sans autre espoir de repos que la fin, fatalement triste, d'une jouissance dont je précipitais l'issue de ces mêmes mains qui rêvaient d'elle, et qui, se refermant sur moi, n'étreignaient plus que son absence.

Lorsque enfin je parvins à la joindre, deux jours plus tard, elle me fixa rendez-vous et nous fîmes l'amour pour la dernière fois. Je le sus vite, car Odile dans les jours qui suivirent manifesta le même silence, d'où je ne pus la sortir, parvenu au comble de l'épuisement et du manque, que pour lui dire, en devançant mon échec, que c'était fini, qu'il était inutile de se revoir. Et, lorsque je l'entendis me répondre que c'était dommage, mais qu'elle acceptait, que j'avais peut-être raison, du reste, je raccrochai avant de m'effondrer plus à mon aise. Je crus alors que réellement j'allais mourir, puisque aussi bien le vide qui me creusait parut prendre toute la place que j'occupais jusqu'alors pour donner quelque forme à la vie que j'imaginais de vivre, et révéler, derrière la fiction de mon être, la tranquille et blanche vérité de sa fin.

C'eût été trop facile, évidemment, et je dus employer plusieurs semaines pour atteindre cet état où, certain d'avoir perdu Odile à jamais, las de tuer en moi ce qui demeurait d'elle, j'en dispersai les restes dans un ultime sursaut. Quelques jours encore, et je pus m'éteindre vraiment, vidé de toute velléité de vivre ma vie, assez instruit, désormais, sur ma malchance en amour pour prendre la décision de ne plus m'engager dans quelque histoire dont je pusse prétendre à maintenir le fil, non plus que, a fortiori, à être le héros.

Je repris le cours de mes activités, durablement en proie à la faiblesse, toutefois, mais je finis par accepter cette condition de long convalescent, méditant sur la brièveté de ma liaison avec Odile, sur la fulgurance de son échec, et m'étonnant, puis ne m'étonnant plus, qu'en si peu de temps je me fusse dessaisi de ma vie, la laissant aller à sa convenance, à savoir celle de l'instinct, sous la forme de son seul consentement à la durée. Je comprenais que, si Odile avait été la dernière à m'émouvoir et à me blesser, c'est que sans doute elle avait été loin d'être la première. Et le fait que je me souvenais mal des autres n'empêchait nullement qu'Odile s'était révélée en quelque façon la femme de trop, celle par qui ma patience, sans que j'en eusse d'abord pris conscience, avait trouvé sa limite.

Convalescent, donc, je l'étais maintenant avec la meilleure volonté possible, me ménageant d'ailleurs, comme je le faisais pour la direction générale de ma vie, dans ses aspects les plus ordinaires et les plus concrets. Ainsi, j'évitai de trop me fatiguer, abandonnant le squash, réduisant mes allées et venues à l'essentiel, m'accordant seulement, quand je marchais, la liberté de ne point freiner le rythme que m'imposait ma vitalité naturelle, qui du reste, à force, me parut bientôt moindre. Il me semblait que je devais prendre garde à mon cœur, au sens physique, et la certitude d'avoir suffisamment vécu par le passé encourageait en moi ce sens de l'économie.

C'est à cette époque que j'avais commencé de rédiger mon journal et que, à peine plus tard, j'y avais introduit la mouche. J'avais heureusement, en dépit de l'isolement où me poussaient mes choix, conservé quelques amis, que je voyais parfois, le soir, avant de me coucher assez tôt dans l'ensemble, et je cultivais depuis quelque temps le dernier en date, André, dont la jeunesse, l'entrain

20

et le talent me distrayaient assez pour me faire oublier que je n'étais plus tout à fait jeune, ni enthousiaste, et que le seul talent qui m'eût jamais échu, celui d'aimer et d'être aimé, appartenait à ma préhistoire.

André, de vingt ans mon cadet, et qui s'occupait de maintenance en informatique, s'intéressait aussi à la poésie, qu'il pratiquait plus qu'il ne lisait, du reste, étant d'un caractère actif, et ses poèmes, qu'il rédigeait directement à l'écran, m'avaient tout de suite séduit par leur fraîcheur, puis impressionné par leur métrique, enfin happé par leur suspense, qualité dont j'ignorais que la poésie pouvait être pourvue. Mais, surtout, André m'avait plu par sa vitalité, qu'il ne s'était jamais efforcé de me communiquer. Face à l'ampleur de la tâche, probablement, il avait eu la sagesse de renoncer d'emblée, ce dont je lui avais su gré. En retour, j'avais de plus en plus souvent souri à ses remarques, et même ri, parfois, tant il est vrai que le rire, chez moi, n'a jamais empêché que je me morfonde, en une fréquente cooccurrence dont mon ami avait vite compris le principe. De sorte que nous nous entendions à merveille, lui partant de ses brusques envolées, où le lyrisme, au reste, prenait quelquefois sa place, impérieusement, moi l'écoutant toujours avec la plus grande attention, le comprenant presque toujours, et vibrant avec lui, un poil moins que lui, toutefois, le temps qu'il vibrait lui-même. Après quoi nous nous quittions, lui vibrant toujours, tel un ressort dont l'impulsion perdure, moi ne vibrant plus, retourné à mon ferme état d'indifférence.

J'appréciais aussi qu'André ne parlât jamais de femmes. Je lui en rendais d'autant plus grâces que, dans ce domaine, je lui prêtais une solide expérience. André se nourrissait assez de ses diverses conquêtes pour ne pas éprouver le besoin d'en faire état devant moi, mais sa vie, parfaitement emplie, ne manquait jamais, avec discrétion, d'affleurer dans son propos. Pour autant, elle n'en débordait pas, et j'aimais aussi, chez lui, cette disposition qu'il avait pour se tenir aux frontières de soi. A y repenser, du reste, cette discrétion contrastait avec son entrain, et il est bien possible que sa vie, à savoir sa vie amoureuse et sexuelle, rigoureusement privée pour ce qui le concernait, eût été le seul moteur de ses manifestations en amitié comme en toute chose, l'énergie qu'il y jetait passant sans déperdition dans la sphère plus large de ses relations avec les hommes, la technique ou l'écriture. Toujours est-il que, de même qu'André

ne parlait jamais de femmes, de même il n'en exhi-
bait aucune, et je le vis seul à seul, longtemps, toujours dehors, où nous dînions de plus en plus souvent au sortir de quelque long apéritif dans un café
où l'heure tardive, autour de nous, faisait se dresser
les tables. Jusqu'au jour, du moins, où il me présenta
Jeanne.

Jeanne était brillante, comme André, elle était blonde, elle était belle, un peu moins belle, toutefois, qu'il n'avait d'abord semblé. Mais elle profitait, justement, d'être un peu moins belle que les toutes premières fois pour apaiser le regard et, sur ce fond d'apaisement, l'éveiller de nouveau par quelque éclat insoupçonné. On accédait ainsi à sa beauté par paliers, avec des intermèdes de déception ou encore de chute, mais avec le temps les chutes se faisaient moins fréquentes, on tombait de moins haut, également, chaque fois, et pour finir on ne désapprouvait plus rien de ce visage, de ces gestes, on ne pouvait plus redescendre, on montait toujours, accédant à cette beauté dont la caractéristique était peut-être, en effet, de croître, de se renforcer avec le temps dans le regard de qui s'en voulait bien saisir. Il en allait de même pour sa brillance, d'une certaine façon, qui ménageait chez elle des périodes parfaitement ternes, mais que l'on goûtait comme des éclipses.

Au physique, c'étaient bien sûr ses yeux qui l'emportaient, des yeux clairs, souvent levés vers l'interlocuteur car Jeanne n'était pas très grande, et qui toujours dans ce mouvement ascendant semblaient piéger la lumière. Même sous celle des cafés, blafarde, où je la voyais avec André, ils trouvaient le moyen, quand nous nous levions pour partir, et pour peu que Jeanne nous regardât l'un ou l'autre, de miroiter dans le haussement des cils, éclairant en quelque façon le cœur de son visage, jusqu'à la limite inférieure des pommettes, avec le nez droit, un peu long, qui répétait irrésistiblement la saillie du regard.

En vérité, j'avais tout de suite, ou presque tout de suite, aimé le visage de Jeanne, y compris dans sa partie inférieure, ou de nouveau s'affirmait son aiguisement, avec l'angle de la mâchoire, le menton presque pointu, le tout contrastant, de la même irrésistible manière, dès que le regard s'en détachait, avec l'insolente douceur de ses courbes. Je pense à celles des épaules, puis des bras, puis des seins et de leurs approches, des reins et de leur chute, sans oublier l'ensemble, du reste, car

Jeanne, contrairement à ce que pourrait laisser à penser ma description lacunaire et fragmentée, offrait volontiers d'elle une vue d'ensemble. Et je l'imagine debout, notamment, quand elle arrive, puis quand elle part, ou que sous notre apostrophe elle se retourne, et donc j'aimais presque tout de suite Jeanne, tout de Jeanne, son âme, en particulier, son esprit, la forme qu'il prenait dans la conversation, cette plasticité qui appelait en quelque façon la caresse. Et il m'arrivait, à table, en présence de Jeanne et d'André, de fermer subrepticement les yeux pour écouter un instant Jeanne, le rire de Jeanne, ou imaginer son sourire, saisir l'écoulement de sa voix, puis très vite l'imaginer tout entière. De sorte que tous deux un instant nous étions ensemble, seuls, presque seuls, puis rouvrant les yeux je revenais à elle, comblé, la regardant, puis regardant André, les regardant l'un et l'autre en me disant que tout était parfait, que face à eux j'avais ma place, et que je n'aurais donné cette place pour rien au monde parce que jamais je n'aurais songé à prendre celle d'André, au contraire, je me serais plutôt tué pour qu'il la garde.

Il n'en aurait pas eu besoin. J'avais compris très tôt que Jeanne aimait André comme elle n'avait jamais aimé personne, et qu'il en allait désormais de sa vie. C'est aussi, probablement, cet amour sans limite, sans autre calcul que celui, en forme de coup de dés, où Jeanne jouait son va-tout, qui m'avait poussé vers elle, quand toute autre femme, dans la période d'effacement où j'étais entré, m'eût indifféré. Lorsque André me l'avait présentée, leur liaison, qui datait déjà de plusieurs semaines, m'était apparue sous le signe de l'évidence et secondairement de l'ancienneté, comme si de tout temps ces deux-là eussent, y compris dans l'ombre qui avait précédé leur rencontre, avancé l'un vers l'autre. Leur histoire était en marche, et je résolus vite de la prendre en l'état, sur le mode clandestin, comme on saute dans un train sans billet, seulement certain que l'on partira et sans avoir prévu de retour.

Une autre raison de mon immédiate faiblesse face à Jeanne, et de ma totale absence de crainte concernant les risques que je pusse un jour en pâtir, était que, sachant Jeanne irréversiblement prise dans les filets d'André, je savais aussi qu'elle ne m'échapperait pas. Une telle certitude, sans doute, reposait sur le seul pouvoir qu'avait André de retenir Jeanne. Mais, connaissant André, sa séduction, ses multiples talents et sa constante réussite auprès des femmes, j'étais persuadé que Jeanne ne le quitterait pas. J'entrai donc dans leur histoire, à la dérobée, dans un état d'extrême tranquillité et une infinie sensation de douceur. Je ne cherchai même plus, bientôt, à cacher mon jeu, et, sans rien dire à l'un ni à l'autre, j'imaginais qu'ils m'avaient tous deux percé à jour mais que, au vu de ma conduite, où ne se décelait, et pour cause, nulle prétention à me saisir du premier rôle, ils ne m'en tenaient pas rigueur. André, s'il n'en affichait jamais la volonté, avait toutefois l'habitude qu'on appréciât les femmes qui ponctuaient sa vie, et que je répondisse à ce cas de figure, tout en gardant mes marques et sans témoigner d'aucune souffrance, était plutôt pour le flatter.

Quant à Jeanne, elle ne semblait pas trouver désagréable de me séduire, notamment au regard d'André, mais elle me traitait avec amitié et prévenance. Et, comme je n'en réclamais pas davantage, je ne lui laissais aucun moyen, non plus qu'à André, de deviner à quel point je vivais sous son empire. J'étais un peu amoureux, sans doute, de leur point de vue, mais ni lui ni elle n'auraient pu seulement se douter que je misais tout sur le couple qu'ils avaient commencé de former, fermement, certain que j'étais qu'ici, de nouveau, ma vie basculait, mais cette fois dans une félicité sans risque, où le seul prix que j'eusse à payer, fort modique en vérité, était celui d'un effacement que j'avais eu l'heureuse inspiration de choisir.

En outre, si dans ma relation avec Jeanne j'accusais dès le départ un retard par rapport à André, qui me précédait de quelques semaines, je compris qu'en revanche je prenais sur lui un léger avantage : en effet, totalement dépendant de Jeanne dès les premiers jours où je la rencontrai, je bénéficiais, par comparaison avec André, du saisissement où nous jette l'amour quand il vient à naître. Ces instants uniques, cette délicieuse dépendance qui fait de nous l'ombre à peine fidèle de nous-mêmes, cette merveilleuse sensation où tout, jusqu'à notre volonté de combattre le manque, s'incarne au plus profond de soi dans une ambiance générale de flottement, je l'éprouvais alors qu'André, lui, abordait déjà, j'en percevais les signes patents, la nécessaire phase de la construction. Ainsi, tous deux évoquaient, en se cachant à peine de moi, la perspective de tel voyage, voire de leur installation, ou encore de leur mariage, ce dernier projet, du reste, plus que tout autre, ayant le don de me faire battre le cœur (j'ai toujours été sensible aux symboles), cependant que l'amour, chez moi, continuait puissamment de prendre forme.

Bien qu'à l'apparente satisfaction des trois parties nous nous trouvions de plus en plus souvent ensemble, j'éprouvai le besoin, à partir de la troisième semaine, j'entends du point de vue de ma datation personnelle, de prendre un peu mes distances. Je n'eusse pas été fâché d'être seul afin de songer à Jeanne en toute quiétude, et, de leur côté, Jeanne et André s'aimaient trop pour qu'ils n'eussent pas saisi l'occasion de se retrouver en dehors de ma présence. Nos intérêts communs, en quelque sorte, firent que, lorsqu'ils décidèrent tous deux de partir à la neige, nous applaudîmes tous trois à la perspective de cette parenthèse.

A l'époque, d'ailleurs, outre que la pensée de Jeanne m'occupait entièrement l'esprit, je me débattais depuis deux mois avec mon problème de mouche. Au vrai, je me doutais un peu qu'il ne s'agissait plus de la même, mais toujours une mouche, en tout cas, s'était trouvée là pour m'accompagner. Celle avec laquelle je cohabitais était au moins la même depuis quelques jours, et, à cet égard, je n'avais pas profondément modifié mon approche. Quelle qu'elle eût été, la mouche qui m'accompagnait héritait de mes relations avec la précédente, et, bien que notre dialogue ne fût pas tout à fait semblable, je le considérais comme une évolution de mes rapports avec un même individu. Entre Jeanne et ma mouche, comme on le voit, je ne manquais pas d'occupation, et j'envisageais le proche avenir avec toute la sérénité que confère, chez les personnes d'espèce renonçante et rêveuse, l'assurance du plein emploi.

Pour être tout à fait exact, depuis ma rencontre avec Jeanne, entre la mouche et moi, les rapports avaient quand même changé. Je continuai de l'évoquer dans mon journal, de temps à autre, quand Jeanne, à force de m'occuper l'esprit, venait à en déborder et que, à la faveur de ce trop-plein, je me débondais pour me retrouver la tête à demi vide, dans un état d'hébétement qui me laissait tout loisir de m'appesantir sur des détails. Car, au vrai, la mouche était devenue un détail. C'était, toutefois, un détail qui me tenait encore à cœur. En outre, c'était un détail vivant. Et je ne disposais pas, dans ce que par commodité je continuais d'appeler ma vie, d'une flopée de détails vivants. Je m'avançais plutôt dans l'existence à la tête d'un cortège de détails morts, qui par le passé avaient eu le privilège d'orner mes soubresauts. Je n'avais presque plus de souvenirs, pour cause d'inutilité, et ce que je traînais derrière moi ne ressemblait à rien qui pût garder forme. On comprend d'ailleurs que, dans ces conditions, je me fusse résolument tourné vers le présent, et aléatoirement vers l'avenir, qui n'en figurait au loin que le prolongement étale.

Il m'arrivait de relire, dans mon journal, les passages concernant la mouche. Je tentais en vain, à ces occasions, de reconstituer sa biographie. Le fait qu'il ne s'agissait sans doute pas, tout du long, de la même mouche ne me favorisait du reste guère la tâche. Ce n'étaient de toute façon qu'errements imprévisibles, zonzonnements péremptoires, envols d'apparence gratuite que ponctuaient par chance de significatives pauses pour le déjeuner, mais que rien, dans la durée, ne venait tant soit peu structurer ou charger de sens. Impossible, de la même façon, d'établir expérimentalement quelque journée type, voire quelque période type dans la journée, qu'eût bornée par exemple un coucher, ou qu'eût inaugurée un éveil.

J'aimais cependant relire ces passages, avant de m'atteler à l'écriture du suivant. J'essayais, concernant ma mouche, de maintenir une sorte de fil, notamment en enchaînant sur l'épisode précédent quand il s'agissait d'en débuter un autre. Ainsi, là où la mouche s'était posée la dernière fois, je la reprenais à la même place, qu'elle n'occupait pas forcément quand je me mettais à écrire. D'une évocation à l'autre, de façon générale, et pour des raisons de vraisemblance, je m'efforçais d'établir un lien, tissant, au gré des épisodes, une manière de toile où j'escomptais que ma mouche finirait par se prendre. Mais, fondamentalement, elle m'échappait.

D'ailleurs, non seulement je ne parvenais pas à en faire ma proie, mais encore, trop souvent, elle continuait à me considérer comme la sienne. Proie est un mot trop fort, sans doute, pour ce qui me concernait, et il serait plus juste de dire qu'elle m'avait annexé maintenant à son territoire. Si je dépendais moins d'elle depuis ma rencontre avec Jeanne, donc, j'étais en revanche devenu pour elle une dépendance, et c'est tout juste si les gifles que je lui destinais parvenaient à la faire rejoindre sa résidence principale, qui consistait en mon appartement. Ce n'était pas assez, sans doute, que je ne fusse plus chez moi ; il convenait en outre, aux yeux du destin, que je ne m'appartinsse plus. Et le fait que j'appartenais symboliquement à Jeanne ne me dispensait pas d'être quelque peu gêné qu'on m'annexât physiquement avec une telle désinvolture.

Il est vrai que, quand elle se posait sur ma main, la mouche ne me chatouillait plus, et que je n'en retirais plus de désagrément palpable. On s'habitue, paraît-il, à tout. Mais il n'en allait pas de même sur le plan mental. Je commençais de vivre la présence de cette mouche sur ma main, ou sur mes feuilles, sans parler de mon front, comme une sorte d'outrage, alors que, m'objectera-t-on peut-être, j'eusse pu à force m'y habituer. Et il est certain que, hormis le fait que l'ancienneté de ma relation avec elle eût pu finir par me peser, je n'avais pas plus de raisons objectives qu'auparavant, où je l'avais accueillie, de me lasser de notre cohabitation.

C'est ici, sans doute, qu'intervient Jeanne. Jeanne avait déjà, comme je l'ai dit, réduit mon intérêt pour la mouche en proportion inverse de celui, massif, que je lui portais, à elle, Jeanne, et l'insistance que je semble mettre à évoquer la mouche, au stade où nous en sommes, ne doit pas faire oublier que ma compagne ailée n'avait plus droit, en réalité, qu'à des miettes, à l'image de celles que je lui laissais dans la cuisine. Elle n'occupait dans mon journal, de fait, que de petites masses de texte, assez ridicules en comparaison de celles que je consacrais à Jeanne. Je ne parle pas de moi, évidemment. Je n'avais jamais beaucoup parlé de moi dans mon journal. Mais, depuis Jeanne, je ne me faisais pratiquement plus allusion.

Toujours est-il que, alors que la mouche s'était familiarisée avec moi, accompagnant mes gifles, d'ailleurs de plus en plus rares, de son vol léger, vaguement dévié, en épousant ma main comme elle l'eût fait d'une brise, je tendais, moi, à prendre mes distances par rapport à elle. En fait, et bien que je lui consacrasse de loin en loin quelque notule, ayant abandonné le projet de romancer sa vie, ou du moins d'y mettre un peu d'ordre par écrit, je la trouvais de plus en plus gênante sur le plan psychique. La quiétude que m'apportait la pensée de Jeanne, au demeurant, eût dû me préserver de toute animosité envers elle, mais nous sommes ainsi faits, sans doute, que notre comportement, aussi clair soit-il, échappe parfois à la simplicité. Et je commençais, réellement, à en avoir assez de cette mouche.

J'en vins ainsi, dans mon journal, à la critiquer, portant même contre elle des accusations sans fondement, parfois, dont toute juridiction appropriée, à savoir adéquatement paritaire, l'eût à coup sûr lavée. Mais ma mauvaise foi ne me freinait en rien, au contraire, elle décuplait mon agacement à son encontre, comme si je lui en eusse voulu de me pousser dans mes retranchements. Faute d'arguments, je lui destinai alors des injures, puis, pour des raisons qui n'étaient pas que de commodité, décidai de lui donner un nom qui pût véhiculer à plein temps mon ressentiment à son égard, y compris quand je ne la qualifiais pas des pires vocables. Je ne dis pas que c'est une bonne idée, mais je l'appelai Odile.

J'avais gardé, on s'en doute, un fort mauvais souvenir d'Odile, cette jeune femme inconséquente qui, par sa légèreté, avait précipité mon déclin. Je parle de souvenir, mais, en réalité, je ne pensais plus guère à elle, notamment à cause de Jeanne, et, précisément, comme je n'y songeais pas, il ne me coûtait point de raviver pour la salir, en donnant son nom à la mouche, la relative mémoire que j'en avais gardée. C'était un peu une revanche, que je n'avais pas, à l'époque, eu le loisir de prendre.

Je m'adressai donc, dans mon journal, à la nouvelle Odile, dont je peignis les activités d'une plume que je voulais caustique, l'épinglant tantôt pour tel travers qui consistait à gravir une jambe de mon pantalon sans autre dessein que de se dégourdir les pattes, tantôt pour avoir, en sus de ma main, exploré paresseusement la broussaille de mon sourcil, en dépit de maint froncement critique à son égard. Je n'avais pas de mots trop durs pour elle, et, bientôt, je m'aperçus qu'au prétexte de me venger je lui consacrais plus de temps, et d'espace dans mon journal, qu'elle n'en eût mérité. En réalité, Odile triomphait encore de moi, et, quand je l'eus compris, je décidai d'en finir véritablement avec elle. Je cessai d'en parler dans mon journal et, pour faire bonne mesure, je pris le parti de la chasser. Non de l'appartement, bien sûr, où je savais qu'elle demeurerait même si j'en ouvrais toutes les fenêtres une journée entière, ce qui, du reste, à l'approche de l'hiver, ne fût pas allé sans me poser quelques problèmes. Non. Si j'entendais chasser Odile, c'était bien de ma vie. J'avais décidé de la tuer.

La première fois que j'avais tué une mouche, je devais avoir une douzaine d'années, et c'était à la campagne. La dernière fois, c'était autour de ma quinzième année, toujours à la campagne. Mais les conditions aujourd'hui n'étaient guère différentes, car j'avais toujours tué mes mouches à l'intérieur, dans la maison de campagne.

Ma manière de procéder n'avait jamais varié. Je ne me souviens plus d'où je tenais cette technique, mais elle était fort simple. Elle n'avait rien à voir, je tiens à le préciser, avec l'immolation. Avant ma onzième année, en effet, il m'était arrivé de faire du mal à une mouche, mais sans avoir témoigné d'aucun mérite dans sa capture. La mouche, à l'époque, c'est mon père qui l'attrapait, et je ne me souviens plus de quelle façon, mais je ne crois pas me tromper de beaucoup en alléguant qu'il retournait sur elle un pot à confiture vide, ou presque vide, à moins que dans ce cas, bien sûr, où le pot à confiture eût encore contenu un fond de confiture, il n'y eût attiré la mouche avant de l'y enclore. Quoi qu'il en soit, c'est lui qui l'attrapait, après quoi, dans la mesure du possible, bien sûr, il me la donnait, je ne sais plus trop pour quelle raison, du reste, dans quel but éducatif, à moins que simplement il n'eût cédé à une demande de ma part, bref, de la main de mon père, je recevais la mouche, et, à l'abri des regards, et en particulier du sien, ayant conservé longuement la mouche au creux de mon poing, je l'anesthésiais d'un petit coup de bombe et lui arrachais tranquillement les pattes.

A quinze ans, j'étais devenu moins cruel. En revanche, j'avais fait des progrès sur le plan sportif. Ma technique, infaillible, consistait à laisser d'abord la mouche se poser. Que ce fût ou non sur une surface horizontale, tel un plateau de table, ne changeait rien à l'affaire. Une fois posée, la mouche était fichue. Sa seule chance de m'échapper eût été de se poser au creux d'une assiette, mais, avant de me mettre en chasse, j'attendais que fût débarrassée la table.

C'était le plus souvent là que je l'attrapais, sur la table, où toute mouche, y compris après le nécessaire coup d'éponge, trouve matière à s'attarder, mais, comme je l'ai laissé entendre, ce pouvait aussi bien être sur un mur. Je m'approchais d'elle, avec précaution, et dans cette première phase toute mon habileté consistait à ne pas l'effrayer, ce à quoi je parvenais le plus souvent : en effet, à l'exception des pas très lents que j'enchaînais vers elle, je n'effectuais pas le moindre mouvement, les bras bien souples le long du corps. La deuxième phase, plus délicate, que je menais à bien une fois sur deux en moyenne, consistait à étendre le bras, lentement, de façon que ma main vînt se placer à quelque vingt ou trente centimètres de la mouche, la paume incurvée et le tranchant reposant sur le support (encore une fois, peu importait qu'il fût ou non horizontal), et, n'est-ce pas, sans que la mouche, alertée, en vînt à prendre son vol. Dans la troisième phase, je balayais vivement le support, le tranchant de la main toujours en appui, en direction de la mouche, et, là, sans qu'elle eût le temps de faire ouf, je la happai en refermant la main. Enfin je passais, après ce stade toujours tangeant de la capture, à l'exécution proprement dite : de toute la force de mon bras, je projetais la mouche contre un mur (qui se trouvait être le même, donc, parfois, que celui où je l'avais saisie), où elle s'assommait et d'où elle chutait sur

41

le carrelage, car la scène, le plus souvent, se déroulait dans la cuisine. J'ignore au juste, je l'ai dit, d'où je tenais cette technique, au demeurant assez simple pour que, avec d'autres, simultanément, comme il advient dans la recherche pure, j'eusse pu en être l'inventeur.

Quand j'eus donc pris la décision d'en finir avec Odile, un après-midi qu'il était tôt encore, je la rejoignis dans la cuisine, où, comme à l'accoutumée depuis quelque temps, je l'avais enfermée. Nullement gênée par mon irruption, qui ne relevait pas de l'exception dans la mesure où il m'arrivait, en provenance du salon, de traverser la cuisine pour gagner les toilettes, et du fait, donc, qu'elle ne vivait pas cette coutume, que j'avais instaurée, de rester chacun dans sa pièce comme une règle trop rigoureuse, elle ne se méfiait de rien. Je m'approchai d'elle, les bras souples, comme quelque trente ans plus tôt, et, posant ma main à la perpendiculaire de la table, je constatai qu'elle ne s'envolait pas – avec une satisfaction mêlée, je dois l'avouer, d'un rien de culpabilité à l'idée que je profitais, pour lui nuire, de la familiarité qu'entre nous, à force de cohabitation, j'avais été le premier à promouvoir. Odile, en effet, n'était pas n'importe quelle mouche, et j'hésitai, une fraction de seconde, à profiter de sa confiance pour justement la trahir. Puis, me contraignant à la froideur, je balayai vivement de la main le plateau de la table.

Quand j'ouvris ma main, que j'avais refermée sur elle dans le même mouvement que je la happais, je n'y vis pas Odile. Et je dus, d'abord dressant l'oreille, puis haussant le regard, me rendre à l'évidence qu'elle voletait, de-ci de-là, maladroitement, dans la cuisine, émettant un bourdonnement fébrile qui, tel un moteur en bout de course, laissait entendre des ratés. La pauvre, mal en point, me fit certes peine, mais moins que moi, je dois le dire. Surtout quand, à la treizième tentative, après des pauses destinées à endormir sa méfiance, je m'acharnai vainement contre elle. Je l'avais plusieurs fois effleurée, et bien qu'elle battît de l'aile, qu'elle avait d'ailleurs, au repos, pendante, je m'étais montré incapable de m'en saisir. Je réitérai d'abord mes tentatives, ne comprenant pas que, au prétexte que trente années me séparaient de ma dernière chasse, j'eusse pu perdre à ce point la main. Mais, une petite heure plus tard, je dus bien admettre que mon efficacité, à savoir pour l'essentiel, dans ce domaine précis, ma vitesse d'exécution, se révélait franchement insatisfaisante.

Je ne m'aperçus pas tout de suite que j'avais

vieilli. Assis sur une chaise dans la cuisine, je regardai Odile voleter, puis alternativement se poser sur l'évier, hors de mon atteinte, comme si, déjà, elle eût décidé de réapprendre à vivre avec son handicap. Son aile brisée, qu'elle semblait sur le point de perdre, la gênait pour progresser dans l'air comme au sol, ainsi qu'au plafond, imaginai-je, qu'elle ne se mêlait plus d'arpenter. J'avais observé par le passé qu'Odile n'était pas une aventurière, loin de là, je la jugeais même assez pantouflarde, pour tout dire, à se cantonner comme elle le faisait dans la zone de mon fauteuil, à ne jamais grimper aux rideaux, par exemple, et surtout à systématiquement refuser, devant mes fenêtres ouvertes, de s'engouffrer au-dehors pour connaître la vraie vie. Mais là, réellement, elle me faisait pitié.

Un instant je songeai à me lever pour aller l'achever, de façon que nous ne souffrions plus ni l'un ni l'autre, mais j'avais moi aussi besoin d'une pause, et je n'en eus pas le courage. Quant à la soigner, soyons juste, il ne m'en serait jamais venu l'idée, même si j'en avais eu la compétence.

Je l'oubliai, alors, d'autant qu'elle ne recherchait plus le contact. Je restai assis, insoucieux du fond sonore qui autrement m'eût rappelé son existence, à base de vibrations discontinues et brèves, par quoi l'on sait qu'en tournant sur elles-mêmes les mouches blessées manifestent leur volonté de survivre. Et, bien qu'à l'occasion je me tinsse informé de la progression de son agonie en lui jetant de petits coups d'œil distraits, c'est à moi-même que je consacrais l'essentiel de mon examen.

J'avais vieilli, oui. Quelques mois plus tôt, tandis que, loin encore que la vie m'abandonnât, sans doute, c'est moi qui abandonnais ma vie en confiant à la seule durée le soin de la proroger, je n'avais pas pensé que mon corps, mes muscles, eux, allaient continuer de vivre pleinement, et d'évoluer dans le seul sens qui leur était, à mon âge, loisible d'emprunter : celui qui, faute d'exercice, conduisait à l'atrophie. En d'autres termes, pour venir à bout d'une mouche, je n'eusse pas dû abandonner le squash – et ce en dépit du fait que l'exercice en question comporte quelque analogie avec le maniement de la tapette, instrument dont la vulgarité, s'agissant de sa trop classique application à la chasse aux mouches, m'eût de toute façon heurté.

Mais il s'agit bien de squash. Je ne marchais pratiquement plus, je ne produisais plus le moindre effort physique. Ainsi, lever les bras par deux fois pour dévisser puis remplacer l'ampoule d'une suspension suffisait à me mettre en eau. J'avais d'ailleurs laissé en place la dernière ampoule qui m'eût lâché. C'était celle des toilettes, et il y faisait noir.

Je ne vivais pas de mes rentes. Si, comme on a pu le constater, je n'exerçais pas de profession, c'est que je n'en exerçais plus. J'avais perdu mon emploi. A ma façon, j'étais de mon époque. Et que j'eusse perdu mon emploi dans le même mouvement que j'avais perdu le goût de vivre me rapprochait tant soit peu de mes semblables. Sauf que je ne côtoyais guère mes semblables. Mes semblables, du reste, me semblait-il, ne se côtoyaient guère eux-mêmes. D'ailleurs c'est faux. Ils n'arrêtaient pas de discuter dans les cafés à n'importe quelle heure du jour. J'en croisais même qui se portaient bien. D'autres, dans ma rue, au contraire, stationnaient assez sur le trottoir pour qu'on comprît qu'ils allaient mal. Je vivais finalement dans un environnement contrasté, où il n'était pas rare qu'un attaché-case croisât une soucoupe en y laissant choir une pièce ou qu'un téléphone portable, au passage, fît se mouvoir dans un grognement un sac de couchage vernissé de crasse. Mais au diable la peinture sociale. Je vieillissais. Disons plus

47

modestement que j'avançais en âge. Il me ressouvenait maintenant que, depuis quelques années, dans le métro, dans l'autobus, je m'installais dans le sens de la marche. Je boudais les strapontins. Quand je traversais une rue, je faisais attention aux voitures. J'entends par là pis, sans doute, qu'on ne se l'imagine. Car c'est aux voitures à l'arrêt que je prenais garde. Je m'explique, c'est peut-être nécessaire : vivant à Paris, pour traverser une rue, je devais passer entre deux voitures (tout de même, je n'en étais pas encore à rejoindre, pour traverser, le premier passage protégé en vue). Je vérifiais qu'au volant ne se trouvait personne qui, démarrant, eût conçu le projet de quitter son créneau. Non que je désirasse que chacun, ayant trouvé sa place, eût la décence d'y rester. Mais je craignais qu'à la faveur d'une trop distraite marche arrière on ne me brisât les jambes entre deux pare-chocs. J'avais peur du handicap. Je ressentais le besoin de conserver l'usage de mes jambes, alors même que j'y recourais de moins en moins. N'exagérons rien. Avec mon allocation, j'avais de quoi faire des courses. Je n'achetais plus de pain, sans doute, me contentant de biscottes, afin de limiter mes déplacements. Mais je descendais mes trois étages pour m'acheter des chips ou un petit bifteck. Je buvais au reste dans des verres fins. Je ne supportais plus les verres à moutarde. Je faisais mon lit. Je déplissais les draps.

Le téléphone, imaginai-je, sonna. Ces derniers temps il n'y avait guère qu'André pour m'appeler, mais il m'avait déjà appelé la veille pour me lire un poème, une sorte de haiku, et m'entendre lui souhaiter bon voyage. On se souvient peut-être qu'il partait à la neige avec Jeanne.

Pourtant, le téléphone, m'avisai-je, sonnait bien, et, le décrochant, je vérifiai que c'était bien André qui me rappelait. Il me proposait, finalement, de faire mes bagages pour les rejoindre le lendemain matin et partir avec eux. Ce n'était pas ce que nous avions prévu. J'aurais préféré rester seul avec Jeanne, chez moi. Quand je dis Jeanne, bien sûr, je pense à la pensée de Jeanne. Seul avec la pensée de Jeanne, soyons clairs. Ecoute, mon vieux, lui dis-je. J'aimais bien l'appeler mon vieux, à cause de la différence d'âge. Ça m'amusait. J'aimais bien m'amuser, quand même. Mais je crois l'avoir déjà dit.

C'est qu'on a pensé, me dit André. C'est qu'on a pensé qu'au fond ça ne pouvait pas te faire de mal. Un peu de ski. Un peu d'air pur. Le chalet est assez grand. Pour notre voyage de noces, comme tu sais, on verra ça plus tard. On reste encore ensemble tous les trois pour ce coup-là. Qu'est-ce que tu en penses ?

C'est pas tant l'air pur, dis-je, je n'ai rien contre l'air pur, que le ski. Il y a vingt-cinq ans que je n'en ai pas fait. J'étais bon, remarque. Pas très technique, mais bon. Audacieux, même. Mais j'ai dû perdre, là.

Allez, allez, Lucien, me dit André. (Je m'appelais Lucien, et je n'avais jamais trouvé ça formidable, comme prénom, mais, surtout, André ne m'appelait pas souvent Lucien, pas plus que je ne l'appelais André, du reste, on ne s'appelle pas souvent André ou Lucien, dans la vie, mais enfin ça me fit plaisir, ça me fit juste un peu plaisir.) Je connais ta position, me dit-il. Mais précisément. Je te propose d'en changer. Changer d'air, changer de position. Pour une fois.

Attends un peu, dis-je.

Je regardai dans la direction d'Odile. C'est-à-dire que je la cherchai des yeux et que je ne la vis pas. Elle avait disparu. Puis je l'entendis. Elle bourdonnait. Aucun à-coup. Un vol régulier, comme on dit d'une compagnie aérienne. Pas de trou d'air. Elle s'était requinquée.

Bon, dis-je. D'accord. Mais je n'ai pas de grosses

chaussures. D'après-ski, si tu préfères. Ou d'avant-ski. On les chausse avant, non ?

J'étais content de prendre les choses avec légèreté. Nous évoquâmes diverses stratégies pour que je me procure des après-ski, puis nous raccrochâmes. Odile avait quitté la cuisine, où j'avais décroché puis raccroché mon téléphone de cuisine. Un souvenir du temps où je vivais dans le luxe.

C'est curieusement Odile qui, de tous, me poussait le plus à partir. Par rapport à Jeanne, en effet, partir, ne pas partir, ça ne faisait guère de différence, au fond. Jeanne, de toute façon, était en moi. Tandis qu'Odile continuait de me poser un problème. Si je restais, il me faudrait reprendre la chasse. Et, sans échauffement, me saisir d'Odile demeurerait illusoire. Je n'avais plus la main, il n'y avait pas à revenir là-dessus. Si je voulais retrouver un semblant de forme, je devais m'entraîner. André me proposait de l'exercice, sans parler du bon air. En outre, pour prendre de l'exercice, il me proposait de quitter mon domicile, et par conséquent Odile, le temps d'une semaine. Loin d'Odile, donc, je m'échaufferais. Et, puisque je ne pouvais pas l'attraper, non plus que la faire fuir, c'est moi qui partais. Dans le pire des cas, quand je reviendrais, elle serait toujours là, bien vivante, mais je me trouverais en bonne position pour l'éliminer. Dans le meilleur des cas, elle serait morte.

Je préparai mes bagages. J'emportai notamment ma chapka, un cadeau qui datait de mon passé, et que je n'avais guère coiffé. De grosses chaussettes, il m'en restait trois paires. Et une sorte de parka à boudins dont je n'aime pas le nom courant, avec deux *d* et deux fois le son *ou,* qu'achève d'enlaidir la consonne finale. Restait le problème des après-ski, mais que les amateurs de détails ne comptent pas sur moi pour leur révéler par le menu de quelle façon je parvins à le résoudre.

Les après-ski, je les empruntai. A qui ? Au fils de ma gardienne. Avec l'âge, aussi, j'avais fini par tisser de bons rapports avec ma gardienne.

Le lendemain matin, je chantonnais. Je n'avais pas chantonné depuis plusieurs décennies, et depuis longtemps je n'écoutais plus de musique. Ma chaîne – j'avais une chaîne, du temps de ma splendeur – avait cessé de fonctionner. Je n'écoutais donc plus mes disques. Je n'ouvrais jamais la radio et, quant à la télévision, je n'allais pas si bien que j'eusse pu courir le risque, en l'ouvrant, de tomber sur des variétés.

Je ne sais donc plus trop ce que je chantonnais. Quelque chose comme *Cadet Rousselle,* j'imagine, dont je me fusse souvenu sans peine que le rôle-titre possédait trois maisons. Une remontée de l'enfance, probablement.

Car j'étais heureux. J'étais finalement heureux de partir. La veille, j'avais cru que ça m'indifférait, mais ce matin, avec ce soleil, ce froid sec, je comprenais que c'était ce que j'avais de mieux à faire. Je n'aurais pas, pour penser à Jeanne, besoin de temps à autre, comme il m'arrivait, de contempler le Photomaton que je lui avais subtilisé. Jeanne, je l'aurais face à moi, vivante. Je n'ai peut-être pas dit que, lorsque nous déjeunions ensemble, elle et André se mettaient face à moi. Quand par exception il se plaçait face à elle, je m'arrangeais pour être face à lui. Je ne m'ôtais pas, tout de même, la possibilité qui m'était donnée d'entrer en contact, au moyen de la mienne, avec la cuisse de Jeanne. Mon effacement n'allait pas jusqu'à la désincarnation.

Je ne saluai pas Odile, bien sûr, mais ne l'admonestai pas non plus. Mon agacement était tombé. A la limite j'aurais presque pu rester, maintenant. Mais peut-être mon agacement était-il tombé parce que je partais. Et je ne tenais pas à rester pour le vérifier.

Je retrouvai Jeanne et André au bas de chez moi, où ils étaient venus me prendre. Ils ne sortirent pas de la voiture, car André, c'est ce qu'il me signifia en abaissant sa vitre, souhaitait partir le plus vite possible. Le Massif central n'était qu'à cinq cents kilomètres, mais tout de même. André, et c'était peut-être le seul point sur lequel je différais franchement de lui, n'aimait pas voyager. Moi, j'aimais voyager. J'entends que j'aimais le temps du voyage. Pas voyager, vraiment. Partir, me voir partir. Avant, surtout.

Au demeurant j'étais content que Jeanne et André eussent choisi le Massif central. On skie moins à Super-Besse qu'ailleurs. On fait moins la queue aux remonte-pentes. Mais n'anticipons pas. André, par la vitre, me tendait ses clés. Quand j'ouvris le coffre, cet imbécile d'André, ou ces imbéciles, ces idiots, bref, faillirent me tirer une larme. Dans le coffre, ils m'avaient laissé une place. Juste une petite place, bien parallélépipédique, pour poser mon sac. Evidemment, ce n'était qu'une place. Pas deux. Logique, puisque j'étais seul. Tout de même. Je me fis la réflexion que s'ils m'avaient laissé deux places j'eusse été plus touché encore. Mais je n'allais pas demander la lune. D'autant que sur les deux places l'une serait restée vide. Je ne sais pas comment je l'aurais pris.

Je m'installais en revanche à l'arrière, avec à mon côté une place qui heureusement n'était pas vide. Un gros sac l'occupait. Je préférais ça, en fait, d'autant que s'ils avaient casé ce gros sac dans le coffre je n'y aurais pas eu de place, dans le coffre, pour mon sac à moi. J'aurais posé mon sac à côté de moi, à l'arrière. Je ne me serais peut-être pas trouvé bien malin, à l'arrière, avec mon sac, tout seul à côté de moi.

Avec tout ça je n'avais même pas vu Jeanne. Quand je m'installai, elle me tournait le dos, naturellement, et je n'eus droit qu'à l'une de ses joues, trop vite tendue pour que le baiser que j'y déposai eût seulement le temps de se survivre. Après cette brève séquence, j'eus quand même droit à sa nuque. Je veux dire, de la voir. Elle portait ses cheveux en chignon, une sorte de chignon mal fichu traversé n'importe comment d'une épingle en bois. A la réflexion, je n'étais pas si mal placé. La nuque de Jeanne, son chignon mal fichu, son profil tendu vers André, parfois, son regard plus rarement croisé dans le miroir de courtoisie, ça m'irait. Je serais bien. J'étais bien.

Pas eux. Je compris tout de suite que quelque chose clochait. André m'avait demandé comment j'allais et ce n'était pas bon signe. Il était tacitement convenu, entre nous, qu'il ne me demandait jamais de nouvelles. Quand il m'eut posé sa question, je lui répondis néanmoins que ça n'allait pas si mal. Ah ? dit-il. N'exagérons rien, dis-je. J'étais obligé de composer. Je ne souhaitais pas dire à André, pour une fois qu'il me le demandait, que j'allais vraiment bien. Il savait qu'avec lui et Jeanne, de toute façon, j'allais toujours bien. Et qu'en dehors de leur présence c'était moins sûr, mais que ni lui ni moi ne gagnions à nous avancer sur ce terrain. Le malaise, dans ma vie, avait en tout cas assez clairement sa place pour qu'André s'abstînt, en grattant, de la mettre au jour. Je craignis qu'il ne comprît, à ma réponse, que j'allais bien en dehors de leur présence, et je ne le souhaitais pas. A ses yeux, c'eût été trop.

C'était la vérité, pourtant. Depuis que Jeanne et lui avaient décidé de partir, j'allais très bien. Et maintenant que je partais avec eux, c'était franchement la fête.

Inquiet, donc, je lui demandai comment il allait, lui. Sa réponse, évasive, ne lui ressemblait pas. André avait du goût pour la dissertation. Là, rien, ou presque. En outre, le miroir de courtoisie était relevé. Impossible de croiser le regard de Jeanne. J'attendis un peu qu'elle ou André, après ce moment de gêne, trouvât un sujet de conversation, mais rien non plus. De l'anecdotique, parfois, mais même pas senti, ne débouchant jamais, par exemple, sur du général. Or tous deux, en temps normal, adoraient généraliser l'anecdotique. C'était leur côté entier. L'exercice, ce jour-là, visiblement, n'était pas à leur portée. Et je me voyais mal, quant à moi, trouver un sujet de conversation.

Il y avait bien Odile, mais j'hésitais. Je ne leur en avais jamais parlé. Elle appartenait, avec mon passé, à mon domaine privé, et que son apparition fût récente dans ma vie n'y changeait rien. Pour détendre l'atmosphère, néanmoins, je leur dis que, n'eût été le bruit qui régnait dans l'habitacle, puisque nous roulions maintenant à belle allure, on eût entendu voler une mouche. Ils le prirent d'abord mal. Mais c'était sans doute, corrigeai-je ensuite pour rire, que j'en avais le bruit dans l'oreille. Et je leur parlai d'Odile.

Ils ne sourirent pas. André, serviable mais peu imaginatif, pour une fois, parla de bombe, d'appareil dissuasif qu'on branche sur le secteur. Jeanne, toujours rigoureuse, préféra s'interroger sur le mystère en quoi consistait la présence dans mon appartement d'une mouche à l'entrée de l'hiver. Mais ne bénéficiais-je pas, observa-t-elle soudain, en bas de chez moi, des services d'un fromager affineur, d'où je rapportais parfois quelque tomme goûteuse, ou quelque crottin sec où se tordait mon couteau ? Mais bien sûr ! dis-je, je n'y avais pas pensé. C'est qu'il n'y a pas longtemps que je suis chez moi, ajoutai-je en manière d'excuse. Enfin, tu me comprends. En trois ans, je ne suis pas parvenu à me mettre ce fromager suffisamment en tête pour que j'en infère qu'une mouche, installée chez lui au rez-de-chaussée, puisse avoir le culot de s'élever jusqu'à mon troisième. Dans ce cas, l'approche de l'hiver n'est plus un obstacle, évidemment.

C'était souvent comme ça, hélas. Quand il m'arrivait de dialoguer avec Jeanne, c'était pour m'exposer au ridicule. Dans le meilleur des cas, elle m'éclairait sur des particularités d'ordre technique, résolvant à distance, par exemple, un problème de robinet qui me touchait de près et que j'avais eu la faiblesse de soulever auprès d'elle parce qu'elle avait le don de me mettre en confiance. Pourtant, je n'aspirais aucunement à ce que Jeanne me maternât. A la réflexion, c'était plutôt une façon d'occuper une position d'infériorité par rapport à elle. Je me disais que dans une position d'infériorité j'étais le mieux placé pour qu'elle m'acceptât. Vain calcul, sans doute, car je n'avais pas besoin de me forcer pour me cantonner face à Jeanne dans un rôle de second ordre.

De toute façon, mon histoire de mouche tombait à plat. Faute de mieux, nous roulâmes en silence. Je regardai le paysage, mais ça ne m'intéressait pas, le paysage, je n'avais pas envie de voyager dans ces conditions. Et il m'était difficile d'évoquer, de ma place arrière, pour dérider mes amis, le beau temps qui régnait sans partage : quoique indéniablement le soleil brillât, il n'éclairait, face à nous, dans la brume matinale, qu'un camaïeu de gris ponctué d'îlots d'arbres sans feuilles, d'un brun sale et qui, aux yeux d'un observateur mal préparé, eussent pu passer pour morts. Et quand, plus tard, nous entrâmes dans la Beauce, notre silence parut s'épandre, tel un pesticide, sur la grise étendue des terres. Rencogné dans mon siège, j'avais posé mon coude sur le sac, près de moi, et, le menton bas, je commençais d'attendre quelque secours du sommeil quand c'est Jeanne qui, sans prévenir, s'endormit. Seul avec André, maintenant, il m'était plus difficile que jamais de me taire. Mais, comme j'allais me décider pour une question dont j'ignorais encore le contenu, mais que j'escomptais cruciale, et que j'eusse jetée tout à trac comme on lance une pierre dans une mare qu'asphyxient les lentilles, c'est André qui prit la parole.

Je sursautai. André, à soudain l'entendre, s'efforçait de vaincre une morosité qu'il définissait comme mienne. Ma bonne humeur, constatait-il, était tombée. Mais non, protestai-je. Mais si, enchaîna-t-il comme si tout à l'heure il eût percé mon intention d'évoquer le soleil et qu'il eût voulu jouer d'un contraste, tu ne vas pas me dire que tu rayonnes, là. Mais si, dis-je, je rayonne, je rayonne en dedans. Tu sais bien que j'ai la joie discrète. C'est toi, en revanche, qui me sembles sombre.

Ne réveillons pas Jeanne, conclut-il abruptement. On est obligé de crier pour s'entendre.

Nous abordâmes chacun pour soi, donc, la

Champagne berrichonne. Comparé à la Beauce, c'est la même chose, si on veut, mais en plus cosy. Le regard porte moins loin, les parcelles s'étroitissent, c'est toujours aussi plat mais c'est parfait pour la consommation personnelle, on se sent moins perdu. Je commençais de me faire une raison, de me dire que finalement tant que Jeanne dormait je pouvais aussi bien laisser André là où il était, dans ses problèmes, et accompagner Jeanne dans le sommeil. Je réessayais de dormir tout en pensant à Jeanne, dans l'espoir de quelque rêve où, seul avec elle, je prendrais la place d'André. Je n'ai jamais dit, en effet, que mon renoncement valait pour les périodes excédant l'état de veille, et, que je sache, nourrir le projet de vivre un peu en dormant ne constitue pas un crime.

Mais je ne dormis pas. André, qui voulait faire une pause, j'imagine, s'engagea dans une bretelle. De toute façon, Jeanne s'éveillait. Elle bâilla. André s'arrêta pour prendre de l'essence.

Nous nous trouvions, comme en témoignaient les panneaux et, peut-être, un pont autoroutier que surenjambait une structure de métal en forme d'araignée cubiste, et qui jouait raidement avec la notion d'équidistance, sur l'aire de Farges-Allichamps, dite aussi du centre de la France. Un blanc pavillon du même nom s'y élevait, sans véritable élan, lui, en dépit de son antenne, qui forçait le regard vers le ciel. Nous pénétrâmes dans le bâtiment sur la demande de Jeanne, qui, au premier abord, semblait d'humeur à flâner. Il m'apparut surtout, au vu de son insincère curiosité pour le site – elle regardait, sans doute, mais ne voyait rien –, qu'elle cherchait à retarder quelque chose. A part notre arrivée, je ne voyais pas bien ce que ça pouvait être.

Au reste, il n'y avait rien à voir. Le pavillon du centre de la France, abritait, en son centre, dans une sobre enceinte circulaire, une exposition temporaire de poteries qu'on ne pouvait mais que nous eussions dû, à coup sûr, manquer. Des teintes trop vives dégoulinaient sur l'argile, dans un effet de coulis de framboise, de cassis, de kiwi. Comme croisée des chemins, je me fis la réflexion que j'eusse mérité plus noble. Je ne sais trop pourquoi, en cet hypothétique cœur de l'Hexagone, je me sentais, moi, mais je sentais aussi Jeanne et André, à la croisée des chemins. Nous n'étions pas encore arrivés à destination que, déjà, j'éprouvais la sensation de me mouvoir dans une ambiance de fin.

Nous reprîmes la route sans que Jeanne eût, par exemple, glissé sa main au creux de celle d'André.

Bien qu'ils se montrassent en général peu démonstratifs en ma présence, ils avaient accoutumé de faire en sorte que leur décence, face à moi, ne confinât pas à la sécheresse. Un échange de regards, à ce titre, n'était pas considéré, de leur point de vue, comme franchement obscène. Mais là, rien. Pas un mot non plus sur la provocante laideur des poteries, par quoi, sur le mode défectif, ils se fussent d'ordinaire rencontrés. Face au mauvais goût, ils ne poussaient pas le second degré jusqu'à simuler l'indifférence. A tout le moins procédaient-ils par antiphrase. Or André avait seulement parlé de consommation d'essence, avec un sérieux qui, venant de lui, m'avait saisi comme si j'assistais à une fantastique mutation de personnalité. Il me faisait peur.

En plein bocage bourbonnais, je trouvai une explication à leur attitude. Elle eut le mérite de me rassurer. Brouille d'amoureux, me dis-je donc. Tu m'en veux, je ne te parle plus, nous pratiquons l'hostilité en silence. Ah, renchéris-je, jeunesse. Je me calai dans mon siège jusqu'aux premières montagnes. Le puy de Dôme, au loin sur ma droite, immédiatement m'évoqua un sein, dressé vers le ciel, sans doute, mais avec les deux courbes, l'une concave, l'autre convexe, auquel il donne forme sous l'effet de son poids. C'est qu'en définitive ce sein-là, conclus-je après un point d'orientation sommaire, penche simplement vers le sud, dans le sens où il est de coutume de dire qu'on descend et pour peu que l'on considère la France non plus abstraitement couchée sur une carte, mais, dans l'ordre d'une géographie plus physique, au fond, de profil et debout, sensuellement découpée sous le regard de qui, la jaugeant d'un œil sûr, entend la bientôt parcourir. Allons, me dis-je cependant, reprends-toi, tu te trompes d'ambiance. Mais regarde-les, eux, bon sang. Vérifie, au moins. A t'entendre, ou à te regarder voir, on dirait que tu espères quelque chose.

Bon, me dis-je. D'accord. Et, par acquis de conscience, alors que nous le dépassions, je m'attardai un peu sur le puy de Dôme. Or, en vérité, je n'y pouvais rien, il avait bien la forme d'un sein. Il avait même, m'avisai-je, en prime, son petit téton – la station météo, supposai-je.

J'étais prêt, donc, quand nous arrivâmes en vue du chalet, à leur dire d'arrêter tout ça, que ça suffisait, maintenant, que je n'étais pas venu avec eux pour supporter qu'ils ne fussent pas ensemble. Allez, me retenais-je seulement de leur enjoindre, pour d'ordinaires raisons de ridicule, embrassez-vous. Mais, à l'altitude de mille cent dix mètres, nous n'avions toujours pas rencontré de neige. On voyait çà et là, sans doute, sur les bas-côtés qu'ombrageaient d'authentiques sapins, des plaques d'un blanc mat qui pouvaient tromper mais qui, quand nous en foulâmes une en descendant de voiture, se révélèrent gelées. Des traces de neige gelée, voilà tout. Notre escapade se poursuivait sur le mode du fiasco.

Quant au chalet qu'ils avaient retenu, il s'insérait dans un ensemble de douze. Le loueur, un géant aux allures de fonctionnaire, en short et baskets, eut beau vanter le confort du lieu allié à sa rusticité, il ne s'agissait pas d'un chalet. Le préfabriqué qui en mimait grossièrement l'aspect avec son toit en V et son balcon à claire-voie était recouvert d'un crépi beige où s'éraflait le regard. En face, les montagnes, avec leurs pentes pelées. La neige, là-haut, y composait un honnête mouchetis où, sur de minces parties blanches, s'apercevaient de loin en loin des skieurs. Je repensais à Odile, encore qu'à cette distance il fût plutôt convenu de parler, par métaphore, de fourmis. Au reste on ne comprenait pas, d'en bas, comment du sommet on pouvait descendre à skis sans les mettre à l'épaule. Les zones terreuses gagnaient la montagne, métastasaient les pistes. Personnellement ça m'était égal. J'eusse aussi bien pu me reconvertir dans la marche à pied.

Nous nous installâmes. Curieusement, la promiscuité détendit l'atmosphère. André plaisanta sur la distribution de l'espace. Elle impliquait, nous dit-il, pour autant qu'on voulût circuler à l'intérieur du chalet, qu'on orbitât sans fin autour du bloc-toilettes. Salle à manger, chambre, cuisine, couloir, seconde chambre dessinaient autour dudit bloc, résolument cubique, d'oblongs et rigoureux parallélépipèdes. Ainsi, vidant nos sacs dans les amples penderies murales, fourbissant nos respectives literies, répartissant chaussures et brosses à dents, nous nous croisions souvent, l'un s'effaçant dos au mur pour laisser passer l'autre, ou reculant franchement face à l'avance du duo que nous composions en alternance. En effet, il m'arrivait, progressant un instant de front avec Jeanne au hasard de notre installation, de croiser André par rapport à qui, en vertu de notre nombre, nous héritions d'une priorité. C'est lui qui s'effaçait alors, plaqué dans un nécessaire sourire contre une cloison où son adossement l'apparentait fugacement à quelque fuyard évitant, dans un film à suspense, la berline assassine lancée à sa rencontre. Ou encore, plus sobrement, c'est moi qui, les croisant tous deux passé l'angle d'un mur, les saluais comme si, ne les connaissant point, mais rompu aux règles d'une extrême politesse, j'eusse voulu leur faire connaître, dans quelque rue étroite, l'expression fugitive de ma considération. Ah que, me disais-je, lorsque nous le voulons, nous pouvons être drôles, tous les trois. Et synchrones, donc. Pour autant qu'un peu du sien, évidemment, chacun veuille bien y mettre.

Notre entente, bien sûr, me touchait surtout s'agissant de Jeanne et d'André. J'eusse supporté sans peine, pour seulement qu'ils s'accordent, d'être leur tête de turc. Ça ne s'était jamais révélé indispensable. De nouveau, donc, je me sentais en forme, et c'est l'âme apaisée qu'empruntant la voiture d'André je me rendis seul, sur mon insistante proposition, au supermarché – un Atac, je crois – pour en rapporter de quoi subsister dans les jours à venir. Avec Jeanne, nous avions gaiement dressé une liste. Leur bonne humeur, toutefois, exprimait un peu trop le soulagement pour qu'a posteriori, dubitatif devant les têtes de gondole où j'étudiais les promotions, je n'eusse pas cédé d'un pouce à l'inquiétude. J'expédiai en vérité les courses, puis me hâtai de rentrer.

Je n'étais pas seulement pressé de me rassurer. Je comptais bien aussi, en rentrant plus tôt que prévu, les surprendre au sein de quelque fiévreux ébat. Une fois garé à distance raisonnable, j'abaissai doucement la poignée de la porte d'entrée, qu'avec précaution je poussai. Mais ce fut inutile. Jeanne, sous les menées d'André, là-bas, derrière la cloison, communiquait si haut le plaisir qu'elle prenait que tous deux eussent de toute façon conduit, si jamais j'eusse claqué la porte, leur confrontation jusqu'à son terme. Ce qu'ils firent, sans que j'eusse besoin d'indiscrètement tendre l'oreille pour me convaincre qu'ils le faisaient bien.

69

Leur soulagement, bientôt – non plus celui, problématique, qui auparavant m'avait alarmé, mais celui, physique, auquel ils se livraient en silence –, devenait aussi le mien, à présent, bien que s'y mêlât inévitablement un peu de souffrance. N'étant pas de bois, je ne pouvais faire autrement que songer que si Jeanne, désormais apaisée, respirait avec régularité auprès d'André, je n'y étais pour rien. Je fis la bêtise, sans doute, à la lumière de cette constatation, de tenter d'imaginer comment j'eusse pu apporter ma modeste quote-part à un bonheur qui, à l'évidence, pouvait se passer de mon intercession. Je n'y parvins pas vraiment. Quand au silence succéda, entre eux, une conversation dont je perçus des bribes, j'attendis que les rires de Jeanne s'étouffassent puis que les ressorts du lit grinçassent de manière conclusive, indiquant qu'ils se libéraient entièrement du poids qu'exerçaient sur eux mes deux amis. Je toussai, puis nous fîmes ensemble, debout, l'inventaire des courses.

Le dîner se passa joyeusement, et je pus jouir sans frein des sourires et des éclats de Jeanne. Je ne l'avais jamais trouvée si belle ni si heureuse, et je me disais que pour atteindre une telle plénitude il convenait probablement d'avoir traversé quelque crise, dénoué quelque conflit. Un tel parcours, accidenté d'utiles dents de scie, était sans doute plus près de la vie que la souriante quoique abstraite continuité que j'avais, par le passé, imaginée à leur sujet. La vie, donc, me disais-je, la vie telle qu'en elle-même, toujours s'éveillant sous le bénéfique aiguillon du contraste, et qui puise sa violence et sa force dans l'amour. Et, les ayant salués tôt après le repas, je partis me coucher.

Un mot, tout de même, sur ma chambre. C'était une chambre d'enfants. Elle comportait quatre lits, dont deux auxquels on accédait par une petite échelle. J'avais choisi le premier du bas, à gauche en entrant, mais, comme je m'y allais enfouir, j'hésitai. Je regardai le lit de droite, en bas. Loin de moi, en effet, l'idée d'aller refaire mon lit dans les hauteurs, où j'eusse flatté mon attrait pour le vide. On dit aussi communément vertige. Je n'hésitai donc pas entre quatre lits, mais entre deux, sobrement, entre les lits du bas, de droite et de gauche.

Si je penchais plutôt pour le lit de droite, maintenant, c'est qu'il était face à la fenêtre, et non sur le côté de la fenêtre, comme le lit de gauche. Par acquit de conscience, en effet, j'avais choisi en arrivant le lit de gauche, préférant, inquiet des tensions de la journée, voir le jour le plus tard possible. Mais, finalement, puisque tout allait pour le mieux, je n'eusse pas été fâché de m'éveiller avec l'aube – où que j'eusse dormi, je n'entendais pas tirer les rideaux, craignant qu'ils n'installassent le noir total, qui me fait peur, aussi, oui. J'hésitais donc seulement à défaire mon lit, celui de gauche, pour faire le lit de droite. C'est que je m'étais, en bordant pour la nuit le lit de gauche, heurté le crâne au lit du haut. Or la perspective de me cogner une seconde fois ne me souriait guère. J'eusse pu cette fois prendre garde, certes. Mais, en fin de compte, j'estimai que j'avais assez donné de moi-même pour la journée. Et, content d'avoir tenu tête aux tentations du lit de droite, je m'endormis dans le lit de gauche, sur le côté, tourné vers le lit de droite sans le moindre remords.

Le lendemain, pourtant, en raison de mes hésitations de la veille, imaginai-je, je ne sus pas dans quel lit je m'éveillai. Mon regard flottait, découvrant les autres lits, ainsi que le pied du mien, comme si j'y eusse passé la nuit, simultanément, et que mon corps, à l'aube, n'en eût plus occupé aucun ou les eût occupés tous. Haut, bas, droite, gauche, je m'efforçai de faire le point et quittai en fin de compte le lit de gauche, en bas, une fois que je l'eus identifié comme tel.

J'avais également retrouvé les contours de mon corps, installé ma tête sur mes épaules, et, par conséquent, je commençais de me mouvoir dans un monde réordonné quand, ayant trouvé le chemin des toilettes, j'entendis des voix. Mais surtout une voix, qui était celle de Jeanne. Elle criait. Enfermé dans les toilettes, j'hésitai, en allongeant le bras, à entrouvrir la porte pour mieux entendre, car Jeanne, me semblait-il, agitait en criant des questions personnelles. Ça ne me regardait pas, sans doute, puisque c'était personnel, mais, comme elle criait, je ne voyais pas pourquoi je ne m'en fusse pas soucié, d'autant qu'il s'agissait de Jeanne. La certitude, en ces instants, que nul ne viendrait à pousser la porte des toilettes m'encouragea donc à la tirer, c'est-à-dire, d'où j'étais, à l'ouvrir. Or, tandis que, mal à l'aise, malgré tout, dans la position que j'occupais, avec cette porte ouverte, je tentais de régler mes petits problèmes, Jeanne agitait les grands siens, et si tôt le matin, n'est-ce pas, et si désespérément, aussi, que je fus bien près de m'effondrer. J'étais assis, sans doute, mais rien n'y faisait, à l'écouter je commençais de me tasser sur moi-même, saisi par la faiblesse. Le menton cassé, reposant à la jonction des clavicules, presque oublieux de mon corps, j'entendais Jeanne injurier

André, ou l'accuser, puis finalement le maudire. Silence, puis c'est André qui, explosant, exprima qu'il en avait assez de ces accusations, de ces injures, de ces malédictions. André qui soudain m'apparut comme je ne l'avais jamais vu, ou entendu, invectivant à son tour Jeanne, oui, puis, farouchement, se soustrayant à l'opprobre dont Jeanne l'accablait, enfin, supposai-je, claquant une porte. Après quoi, de nouveau, silence.

Je me demandais, en vérité, quelle porte il venait de claquer, à moins que ce ne fût elle, Jeanne, qui l'eût ouverte puis fermée si sèchement, et si Jeanne, à supposer que ce ne fût pas elle, se trouvait maintenant seule dans le chalet, si toutefois la porte qui venait de claquer, celle que j'avais pris moi-même garde de claquer la veille, pour de tout autres raisons, il est vrai, donnait bien sur l'extérieur. Je décidai, quoi qu'il en fût, que je ne pouvais – surtout dans ces conditions qui me semblaient caractérisées par l'urgence, quoique je ne susse pas bien laquelle, au juste – m'attarder dans les toilettes au-delà du raisonnable. Je mis donc un terme, résolument, aux raisons qui persistaient à m'y retenir, et me retrouvai dans le couloir. Obliquant vers la cuisine (je me rapprochais donc de leur chambre), j'avisai, par l'entrebâillement de la porte de la chambre, Jeanne, assise sur le lit, dont j'identifiai la nuisette bleu ciel (je n'ai pas pas dit que c'était mon goût, mais c'était, à coup sûr, sa nuisette), les genoux, également, je connaissais assez bien ses genoux, mais aussi les jambes, naturellement, et même les pieds, qu'elle avait petits, donc, deux cents ans plus tôt j'eusse assurément dit mignons, mais je n'étais pas né deux cents ans plus tôt, hélas, auquel cas j'en eusse fini avec toute cette affaire, non, je n'avais même pas atteint la cinquantaine et ma tâche, impressionnante encore, n'était pas si avancée que j'eusse pu me permettre de traîner. Allons, me dis-je, et, conscient de la nécessité de faire progresser les choses, je poussai discrètement la porte de la chambre.

Jeanne mangeait ses cheveux. Du coin de la bouche, constatai-je, elle en avait happé au hasard une mèche. Pas de chignon, ce matin-là, comme il est d'ailleurs normal au saut du lit, au pied, plutôt, et j'imaginai que la scène dont je n'avais surpris que la version audio s'était déroulée en partie au lit, qu'André avait quitté à un moment quelconque. Jeanne y était donc restée seule, reconstruisais-je, puis, s'apprêtant à se lever, n'en avait pas dépassé le pied. Elle mordait sa mèche, la tête penchée, les bras le long du buste, les mains à plat de chaque côté du corps, concentrée, rageuse, luttant contre une évidente douleur dont elle contenait la vague, provisoirement, avant que celle-ci ne la renversât sur ce même lit, craignis-je, et ne la fît, en lieu et place de sa mèche, saisir quelque oreiller afin de le mordre. J'arrive à temps, donc, songeai-je, c'est-à-dire que c'est trop tard, le mal est fait, sans doute, il la ronge, il les ronge, il me ronge. Jeanne, tout à son silencieux combat, n'avait pas vu que j'entrais, timidement encore, dans sa chambre, et, tout en découvrant l'entièreté de sa posture, étrangement semblable à celle que j'avais adoptée dans les toilettes, je me demandais où pouvait bien être André. Puis j'entendis un bruit de robinetterie qu'on libère, et je sus qu'il s'était réfugié dans la salle d'eau, qu'il occupait, conclus-je, depuis un petit moment. J'avais peu de temps pour agir, mais j'avais, donc, ce peu de temps devant moi, devant nous, ou avec nous. Au vrai, tel le fuyard dont l'image me poursuivait et qu'on accule dans une impasse, je me trouvais le dos au mur, et je ne voyais pas bien ce que nous pouvions faire.

Jeanne m'aperçut, alors, mais ça ne changea rien, à ceci près qu'elle me pria, comme distraitement, de la laisser seule, avant de retourner à la contemplation de ses genoux et au mâchement de sa mèche. Je quittai la chambre et passai dans la cuisine, amorçant un circuit autour du bloc-toilettes, puis, réfléchissant, gagnai ma chambre où, à toutes fins utiles, je remplaçai ma sortie de bain par des vêtements propres. Puis je sus pourquoi je m'étais habillé : je me chaussai, enfilai ma parka à boudins et sortis, m'évadant de l'impasse de la seule façon qu'il était possible, en abandonnant le terrain.

Dehors, je n'allai pas bien loin. Je me campai devant le chalet, le regard traînant sans conviction vers les montagnes, dont la blanche peau continuait de muer, s'en allant par plaques. Les rares skieurs, là-haut, tôt levés pour user les pistes, semblaient quelque noire vermine sortie de son trou pour courir sur elle et, la rongeant, précipiter son délitement. Je nourris en moi, un moment, cette vision de pelade aggravée par l'affairement d'insectes privés de cervelle qui détruisaient sous eux le peu qu'il leur restait pour vivre. (Rien à voir, notai-je au passage, avec Odile, Odile l'agaçante, sans doute, mais aussi la solitaire, la réfléchie, à qui j'avais laissé, en quelque façon, la garde de mon intérieur. Elle représenta un instant l'image même du confort, dont je pris conscience que, peut-être, je l'avais abandonné derrière moi.)

Je détournai le regard des montagnes pour

78

m'apercevoir que, de l'autre côté de la rue où était sis le chalet, se dressait un édifice barré de force boiseries, dont l'enseigne m'apprit qu'il s'agissait de l'hôtel de la Providence et de la Poste. Je n'invente rien. Je tentai de comprendre le sens, au sein de cet intitulé, du coordonnant qui en fondait l'étrangeté. En vain. Au reste, dans le dénuement où je me trouvais, où nous nous trouvions, je n'étais pas opposé à ce que quelque chose me fît signe. Considérant l'enseigne, toutefois, je dus bien convenir que, de la poste à tout le moins, je n'attendais rien.

Piétinant devant le chalet, et comme je n'avais rien à faire en attendant que Jeanne et André voulussent bien trouver seuls quelque issue à leur inquiétant conflit, je m'offris le luxe – j'en avais bien le droit, me semblait-il – de céder à l'impatience. J'en fus, en un sens, récompensé. André apparut bientôt sur le seuil du chalet, en combinaison de ski, visiblement excédé, au point, donc, imaginai-je, qu'il avait enfilé sa combinaison de ski, bien décidé non seulement à sortir, mais encore à skier, c'est-à-dire, dans un premier temps, à se rendre au bas des pistes en combinaison de ski pour y louer des skis et des chaussures de ski, sans Jeanne, évidemment, et, m'apparut-il quand il passa vivement à ma hauteur en me jetant qu'il avait besoin d'air, sans moi.

Je n'osai pas lui crier, comme il me dépassait pour prendre la direction générale des pistes, que je pouvais, s'il le désirait, l'accompagner. Il l'eût accepté, peut-être, mais ne le souhaitait clairement pas – je connaissais la signification de son haussement de sourcil. Je le regardai s'éloigner, le long de la rue que bordaient de répétitifs commerces voués au tourisme d'hiver, sur un fond d'hôtels alignés jusqu'au bas des pentes. Tout au bout, une tour, plantée au pied du massif, ne choquait même plus dans ce décor que la fièvre de l'hébergement, ne trouvant plus d'issue que dans le sens vertical, tirait ainsi vers un mimétisme involontaire, où, au cœur des montagnes, la beauté des sommets se voyait souillée dans une pâle singerie de l'altitude. André disparut, là-bas, à la jonction des pistes, des loueurs de matériel et des postes avancés de l'hôtellerie, où convergeait tout un petit peuple tantôt en mal d'équipement, tantôt souffrant gaiement sous le fardeau, déjà, et je laissai mon ami se noyer au sein de cette foule résignée, quoique joviale, que sa monomanie livrait de fait à toutes les dépendances. Au moins la tension nerveuse d'André et le probable désordre de ses pensées plaidaient-ils pour un tel choix, qui, je devais bien l'admettre, avait tout de même présidé, pour chacun de nous trois, à notre décision de partir – et ce n'était que maintenant, en réalité, comme je redécouvrais,

81

vingt ans après, de quelle sensation d'étouffement devait d'abord se payer le plaisir de fendre l'air vif des pentes, que j'eusse hésité, pour peu que c'eût été mon tour, de m'y élancer.

Mais ces considérations masquaient mal, et cela aussi je dus le reconnaître, l'essentiel souci où je me trouvais, seul à présent devant le chalet, d'y rentrer pour y faire le point quant à la situation de Jeanne. L'attitude d'André, à cet égard, ne me laissait rien présager de bon.

J'ignore au juste ce qu'est le courage. Mais je sais qu'en tournant le dos aux pistes, aux montagnes, à André, fatalement, et en revenant vers Jeanne, qu'il avait laissée, je me représentai assez clairement ce que doit être la peur. Et j'entrai dans le chalet comme on s'enferme, à l'aide d'une clé qu'on glisse ensuite sous la porte, à l'extérieur, dans une pièce où l'on sait que l'on ne pourra rien faire et d'où, le sachant, l'on s'interdit de sortir. En vaincu, donc, mais avec la conscience que l'échec, désormais, est devenu le seul horizon qu'il convient de contempler, jusqu'à ce qu'il se rapproche suffisamment pour que, au vu de son ampleur, seule sa consommation fasse désormais sens.

J'entrai cette fois dans la chambre en me demandant de quelle utilité pourrait bien être ma présence, à savoir persuadé tout ensemble de sa parfaite nécessité et de son peu d'intérêt stratégique, assez désespéré, en somme, pour que dominer ma peur n'équivalût qu'à expédier les affaires courantes. J'étais déjà mort, en quelque sorte, pour la seconde fois de ma vie quand je découvris Jeanne mordant non plus sa mèche, mais sa lèvre inférieure, et non plus assise et la tête basse, mais allongée sur le dos dans sa nuisette bleu ciel, à même le rèche d'une couverture râpée dont s'effilochaient les bords – la literie, dans le chalet, n'était pas une merveille. Elle me vit et rencontra mon regard, étonnée, apparemment, d'y surprendre une détresse qui semblait excéder la sienne.

Comme j'allais lui demander, m'écœurant par avance du ridicule de mon propos, pour quelle raison elle retenait ses larmes, ou pour quel motif elle entendait les bientôt verser, ce qui, m'avisai-je, faisait deux questions distinctes, quoique toutes deux brutales – mais comment faire, me disais-je, comment dire autrement les choses pour qu'elles avancent doucement vers elles-mêmes, vers leur terme, donc –, c'est elle qui me demanda ce qui n'allait pas.

Je m'assis au bord du lit et, cette fois sans hésiter, je lui dis que c'était elle. J'ajoutai que, comme c'était elle qui allait mal, ou qui avait mal, j'avais mal aussi, moi, car je l'aimais, oui, je vous aime, dis-je, toi et André, et je ne sais pas quoi faire, si seulement je pouvais vous aider, mais elle posa un doigt sur mes lèvres. Tais-toi, dit-elle. C'est fini.

Comment ça ? dis-je, m'échappant de son index, qu'est-ce qui est fini, et je retins cette main dont à toute force elle voulait clore mes lèvres, maintenant, car elle ne voulait rien entendre, ne rien attendre de moi, pensai-je. Et je me demandais ce qui était fini, au juste, s'il n'y avait pas quelque chance que ce fussent ses larmes, seulement, ou son envie de pleurer, bref, la crise qui les secouait tous deux, et qu'au contraire de ce que j'avais pensé il restât un peu d'espoir que tout ne fût pas fini, donc. Mais non. Je me trompais. Je le voyais, maintenant, ses lèvres s'entrouvraient, ou bien seulement son regard, peut-être, mais ça suffisait, son regard, je savais qu'elle allait me redire c'est fini de sorte qu'il n'y eût plus rien à dire, après, plus rien à tenter, et je ne voulais pas l'entendre. Surtout pas de sa bouche. Et c'est moi qui à mon tour posai ma main sur ses lèvres. Et, le temps d'un quart de seconde, nous n'eûmes pas l'air bien fin, tous les deux, avec chacun sa main sur la bouche de l'autre, et ensemble nous nous prîmes les mains pour libérer nos bouches, quoique personne n'osât plus rien dire. Et c'est elle qui, comme nous nous tenions tous deux ainsi qu'une seule personne face à un miroir, en appui des deux mains sur le miroir, c'est elle qui baissa les bras et vint se réfugier contre ma poitrine. Mais elle n'y demeura pas, non. Je la sentais rageuse, de nouveau, et elle me fit face et plongea son regard rageur dans mon regard hagard, et c'est seulement après, tout de suite après, qu'elle décida de m'embrasser.

Il y avait des éternités que je n'avais pas repris le dessus sur une femme, mais cette fois j'en trouvai la force et, surtout, le désir, et pour la première fois aussi, après que Jeanne m'eut embrassé, je l'embrassai moi-même. J'étais bouleversé, bien sûr, mais, maintenant que Jeanne était dans mes bras, quoique seul le dépit apparemment l'y eût poussée, je ne pouvais faire autrement que de répondre à son appel, qui était aussi celui de mes sens, il est vrai, d'autant que, comme j'imagine maintenant qu'on se la représente, Jeanne était à demi nue, ce qui faisait, on en conviendra sans doute, une bonne demi-nudité de trop pour l'homme que j'étais face à elle. Et, tandis que je l'embrassais, mes mains froissaient le coton de son petit vêtement, et sa demi-nudité me troublait presque autant que la hargne qui la lui faisait oublier ou qui au contraire la lui rappelait, comme on se souvient, dans une situation critique, qu'on a emporté sur soi une arme et qu'est venu le temps de s'en servir. Sauf que cette arme, ici, Jeanne la pointait sur un absent, qui n'était pas moi, tandis que moi je n'avais jamais été aussi présent, n'est-ce pas, et c'est à moi que Jeanne, tout armée qu'elle fût, se livrait, acceptant voire désirant qu'à sa demi-nudité j'ajoutasse, pour qu'elle fût complète, la moitié nécessaire. Or moi qui n'avais jamais fait que rêver d'elle je ne rêvais plus, absolument plus, sauf des mains, peut-être, oui, c'est ça, il n'y avait plus que mes mains pour rêver que je la misse nue, pour désirer que sa peau s'y offrît, moi j'étais ailleurs, évidemment, car je ne rêvais pas, non, j'imaginais, ce qui n'est pas la même chose, je m'imaginais ailleurs, plus loin, en elle, déjà, autant l'avouer, ou du reste je me rejoignais plus vite que je ne l'aurais cru, il est vrai que je ne contrôlais pas grand-chose dans toute cette histoire, non, attends, me souffla-t-elle, pas tout de suite. J'aurais voulu l'y voir, moi. J'aurais voulu qu'elle fût à ma place et qu'elle se retînt d'éclater en elle, après tout ce temps. Et bien sûr que j'eusse voulu lui donner du plaisir, ça lui manquait sûrement plus qu'à moi, le plaisir, en ces instants, je ne dis pas le contraire, ah, dit-elle. Et, vaguement surpris, je la regardai jouir, longuement, j'en oubliai presque que moi aussi, oui, mais c'est juste que ma jouissance à moi connaissait des étapes où s'insérait la sienne, modeste, au fond, comparativement, quoique nullement négligeable, j'y insiste, tandis que moi je suffoquais encore, et croyant me relâcher je résuffoquais, il existe pour dire ces choses une expression triviale, une métaphore pédestre, je voudrais qu'on me comprenne bien, et j'expirai sur elle, finalement, j'étais un peu lourd, à l'époque, déjà, un peu empâté, et je sentis qu'elle aimait que je fusse lourd, sur elle, ayant joui, et que ma salive coulât un peu sur sa joue, et que ma seule main qui restât libre pressât encore le rentré de sa taille, jusqu'à lui crocher l'os, celui de la hanche, et moi, donc, rivé à elle, et toujours l'écrasant tandis que miraculeusement sous cette masse elle respirait encore, calmement, maintenant, comme au bord du sommeil.

Et, de fait, elle s'endormit. Brisée, pensai-je, par une suite d'émotions contrastées dont je n'étais pas le seul responsable. Je glissai sur le côté et restai sur le dos, si parfaitement absent maintenant que j'en oubliais André, son retour à venir, quoique nous eussions bien du temps avant qu'il n'eût, je ne dis même pas skié, mais juste chaussé ses skis. Ceci pour mon improbable lecteur, naturellement, car je ne songeais pas plus à André qu'à moi-même, en vérité, et pas non plus à Jeanne, du reste, dont j'étais trop habité pour que j'eusse pu, en l'expulsant, la déposer à mon côté, où physiquement elle se trouvait, d'ailleurs, et la considérer comme la femme que je venais d'aimer, enfin, et qui, allez savoir, m'avait peut-être aussi aimé.

Peut-être même, pensai-je plus tard, quand j'eus retrouvé un semblant de raison, ou que je l'eus tout à fait perdue, m'aime-t-elle encore, tout comme je l'aime, et s'éveillera-t-elle avec la conscience de cet amour, tournant vers moi un regard qui ne cessera plus, désormais, de se porter à ma rencontre. On peut rêver, me disais-je, cette fois, et oublier André, en effet, et considérer qu'il m'a laissé la place, que mon tour est venu, que le moment est venu aussi pour Jeanne de choisir en connaissance de cause, contre lui, ou après lui, qu'importe, et je commençais à me faire à cette drôle d'idée, qui dans ma vie antérieure m'eût été naturelle, d'avoir finalement séduit une femme, quand Jeanne s'éveilla.

Or comme je l'avais prévu, exactement, elle se tourna vers moi, de l'air de qui se tourne vers l'autre quand l'autre, par quelque mystérieuse chimie, lui est devenu tout, avec cette dimension supplémentaire et féerique, ici, qu'il semblait que cette chimie se fût opérée partiellement au cours du sommeil, ou que Jeanne, après notre nécessaire passage à l'acte, apparenté à quelque choc crânien, fût devenue quelque autre femme, ou encore qu'elle fût devenue la femme qu'elle eût toujours dû être, prise dès l'aube des temps, ou à tout le moins du nôtre, dans l'orbe de ma vie.

Je me tournai aussi vers elle, et nous nous embrassâmes. Notre amour neuf, en ces instants, et pur, et limpide, ne se fût jamais embarrassé, sans pâtir d'un tel compagnonnage comme d'une vaine vulgarité, d'une quelconque culpabilité à l'égard d'André. Nous n'en parlâmes pas, nous n'y pensâmes pas. C'était une preuve de plus, sans doute, que quelque chose avait changé, et je me délectais de cette nouveauté, reportant de me noyer dans le regard de Jeanne pour mieux profiter de ses yeux, de leur contour, de leur couleur, de leur éclat où je me surprenais, saisi, comme dans un fragment de verre, un instant déformé, voire brisé, après quoi je me recomposais et m'accordais le droit de m'y perdre, puis de nouveau m'en détachais pour glisser du regard vers son épaule, ses seins dont la pesanteur, alors, et la position latérale, contrariait la gémellité, l'un prenant sur l'autre un court téton d'avance, et que d'une main je couvrais ensemble pour les mieux ensuite découvrir, puis les prendre, et les baiser, puis descendre, stop, me disais-je. C'est trop, c'est assez pour cette fois. Tout à l'heure, peut-être, si tu es sage, si tu as su attendre, sagement, que cette femme, de tout son corps, de toute son âme, t'ait de nouveau jeté dans une extrême dépendance d'elle. Mais attends, attends, surtout, ne gâche rien, chaque instant désormais t'est compté, chaque instant qui passe se perd,

90

déjà, le moindre geste, le moindre regard que tu formes n'est plus, vertigineusement dans le passé il tombe, c'est ta vie qui s'en va chaque fois que tu bouges, ne bouge plus, donc, retiens-toi, attends, souviens-toi d'être lent jusqu'à ce que t'emporte la vague, la prochaine, elle viendra, et quand elle viendra, alors oui, oublie tout, oublie ce que je viens de te dire, me disais-je, et je m'écoutais, de fait, je m'obéissais, je me faisais une telle confiance, maintenant, que, partout où je serais allé, même les yeux fermés, je me serais suivi.

Oui, c'était cela, me disais-je, qui avait changé, c'était cette attente, ce désir d'attendre qui doublait mon désir, et, de la même façon que je n'étais pas pressé d'aimer Jeanne, de m'oublier dans l'amour de Jeanne, je n'étais pas pressé de voir André rentrer, je dis cela sans ironie, j'entends que non seulement je n'avais pas peur qu'il rentre, mais encore j'avais peur qu'il rentre, à savoir trop tôt, et qu'il ne nous laisse pas le temps. Je lui en aurais voulu, je crois, et notre amitié en eût assurément souffert. Je préférais donc, nettement, qu'il rentrât tard. C'était au fond ne pas lui demander grand-chose de plus qu'il n'avait décidé lui-même, et, par la modestie de mon exigence, je m'estimais en position de force. Ce que j'escomptais, en fait, c'est que non seulement il rentrât tard, mais qu'également, en rentrant, il s'inclinât. Je ne voyais pas, au reste, ce qu'il eût pu ou voulu faire d'autre, et cela aussi me confortait dans ma position.

C'est l'amour qui, sans doute, dans sa phase triomphante, nous rend forts. Car, comme j'étais toujours allongé près de Jeanne, retardant le moment où je sombrerais avec elle, de nouveau, je m'aperçus qu'elle souhaitait qu'un tel moment vînt vite. Et, bien que je n'y prêtasse d'abord pas trop d'attention, je me sentis moins fort, justement. Je ne compris d'abord pas pourquoi, puis je m'avisai que j'étais gêné. Or c'est tout un, me dis-je, où l'on se sent fort, ou l'on se sent gêné. Là, j'étais gêné, c'était clair. Je regardais Jeanne, interrogeais sa main posée sur mon épaule, son bras m'attirant doucement vers elle, et j'étais gêné. Et, quand ce furent ses lèvres qu'elle approcha des miennes, c'est presque avec brusquerie, maladroitement, que je la repoussai.

Un tel comportement, sans doute, avait de quoi me troubler – elle aussi, bien sûr, il avait de quoi la troubler, mon comportement, et il serait intéressant de savoir comment, mais je ne peux pas, malheureusement, être partout à la fois –, et je le mis d'abord sur le compte, ce comportement, de ce que je considérais, de la part de Jeanne, comme une précipitation. Si notre rencontre, certes, se fût passée ailleurs qu'en dehors du temps, à l'époque où je vivais, par exemple, je pourrais dire, pour me faire parfaitement comprendre, qu'à ce moment-là nous n'étions pas en phase. C'est dit, donc. Mais c'est inutile, car c'était autre chose. Ou c'était déjà autre chose, j'imaginais déjà que c'était autre chose. J'aurais dû me méfier, depuis le début, de cette histoire de changement. Tout allait trop vite, maintenant, et il me semblait que je m'échappais.

C'est que je n'étais plus ni fort ni gêné, à présent, j'étais simplement triste. Jeanne, que j'avais repoussée et qui aurait pu me trouver injuste, ou illogique, s'en aperçut à peu près en même temps que moi et me demanda pourquoi. Je lui dis d'abord que la tristesse, chez moi, était un état fréquent depuis quelques décennies, et que, parfois, sous l'effet de l'habitude, elle reprenait le dessus mais que ce n'était pas bien grave. Je n'étais pas absolument certain que je mentais, alors, quoique je commençasse à m'en douter. Mais, quand mon regard rencontra de nouveau celui de Jeanne – j'avais gardé les yeux baissés –, je sus que je lui avais menti. Car, croisant son regard, je n'éprouvais, à l'exception de celui que m'occasionnait à l'évidence mon mensonge, plus le moindre trouble. Je dus baisser la tête, encore, mais je repris vite courage. Je la regardai tranquillement et lui adressai d'un ton privé d'ambiguïté les mêmes mots qu'elle m'avait adressés tout à l'heure. C'est fini, dis-je.

J'avais parfois quitté des femmes par le passé, ç'avait été rarement simple, mais, jamais, à ce premier stade en quoi consiste une rupture, celui de la déclaration, je n'avais reçu de gifle. La gifle, c'est la règle, me semblait-il, excepté qu'elle ne survient pas toujours, ne survient que plus tard, à la faveur des explications, pas toujours satisfaisantes, que par la suite on s'efforce de mettre en forme. La gifle que m'expédia Jeanne, elle, ne se fit pas attendre, et, de fait, je ne l'attendais pas, d'autant que nous étions tous deux allongés sur le lit et que, pour me la donner, Jeanne avait dû se hisser sur un coude. Elle s'était ensuite levée, et déjà se rhabillait.

Elle me demandait, cependant, des explications mais, par un effet de son charme propre, donc, seulement après la gifle, notai-je, tandis que sur ma joue la chaleur, maintenant, succédait à l'impact. Trouvant vite au bas d'une chaise le sous-vêtement dont, depuis quelques instants, elle éprouvait le manque, et plus vite encore quelque vêtement sitôt touché le premier cintre, elle me faisait part de son incompréhension, mais, évidemment, je n'étais pas dupe. Tu as très bien compris ce que je viens de dire, dis-je. Je parle de nous deux et je te dis que c'est fini parce que c'est fini. J'ai fini de t'aimer, précisai-je à toutes fins utiles.

Aucune fierté, du reste, de ma part, dans cette affirmation. Un souci de vérité, sans plus. Jeanne protestait déjà, pourtant, arguant – pour le principe, si ça se trouve, car je n'étais pas certain que de son côté elle m'eût aimé si André ne se fût pas mêlé de la meurtrir –, arguant, donc, que notre histoire commençait à peine, et que, quoique me connaissant un peu, depuis le temps que nous nous voyions, tous les trois, elle ne m'avait jamais soupçonné ce don pour gâcher ce qui pouvait exister de plus pur, de plus incontestablement beau que l'amour naissant entre deux êtres. Et je crus bien, l'écoutant, qu'elle m'aimait sauf que c'était trop tard, car, c'est ce que je m'évertuais à lui dire, à lui répéter, je ne l'aimais plus, moi, et, quant à cette histoire qui prétendûment commençait à peine, comme elle disait, permets-moi de sourire, dis-je. Je t'aimais depuis le début, moi, lui rappelai-je, ou lui avouai-je, tu ne le savais pas, peut-être. Et de toute mon âme, dis-je. Follement, oui, c'est exactement ce que je veux dire. Je t'aimais au point qu'aujourd'hui encore, maintenant, il serait presque juste de dire que je t'aime toujours, mais non. C'est fini.

Et, dit doucement Jeanne, comme si elle m'eût considéré, désormais, non comme le fou qui l'avait aimée, mais comme celui qui ne l'aimait plus et qui, des deux, eût été le plus authentiquement fou, on peut savoir pourquoi ?

Peut-être, dis-je. Peut-être que tu vas trop vite. Je ne te connaissais pas, Jeanne. Je ne peux pas aller si vite. Dans l'idéal, ce que j'aimerais, c'est que tout s'arrête, mais je ne peux pas m'arrêter avec toi. Moi, si jamais je dois revivre un jour, j'aimerais que ce soit sur le bord de quelque chose, qu'il y ait quelque chose à voir du bord où je vivrais, et que je prenne le temps de le voir en me disant que c'est ça, peut-être, vivre, regarder quelque chose qui n'est pas à proprement parler la vie mais qui la rappelle, un reflet, une photo, pendant que là où l'on est la vraie vie, celle qui s'échappe, la vraie vie coule, elle, mais toi, je veux dire moi, tu regardes ailleurs. Et même quand ton regard tombe sur toi tu t'arrêtes, tu fais un pas de côté en prenant garde de tomber toi-même dans ce vide au bord de quoi tu vis, et tu te regardes, et tu te dis j'existe, mais toi, Jeanne, non, tu ne veux pas attendre, tu ne veux pas regarder, je ne sais pas ce que tu veux, dis-je. Mais je sais ce que je ne veux pas.

Tu es complètement fou, dit-elle avec simplicité.

Tu ne me connais pas, dis-je, et moi non plus je ne te connais pas mais je t'ai aimée et je sais maintenant que je ne t'aime plus, c'est tout ce que je peux te dire.

Et qu'est-ce que tu comptes faire ?

Moi ? dis-je.

Oui, dit-elle. Toi.

Mais je ne sais pas, dis-je, je ne faisais rien jusqu'à présent, je ne vois pas pourquoi je ne continuerais pas. Disons que je vais reprendre.

Et moi ? dit-elle.

Toi ? dis-je. Je ne sais pas. Une seconde gifle t'aiderait peut-être, je dis ça.

Pas si tu me le demandes, dit-elle. Je vais partir.

Je vais t'accompagner.

Où ça ?

Où tu veux, dis-je. Je peux bien t'accompagner.

Non, dit-elle. Sûrement pas.

Je n'ai jamais su d'où naissaient précisément ses larmes, de petites larmes dont elle freinait le flux. Je n'ai jamais su qui elle pleurait, André, probablement, elle, moi, toutes les combinaisons me semblaient maintenant possibles. Quand elle eut rassemblé ses affaires, elle partit dans la voiture d'André, avec son double des clés. Je n'avais même pas pris le temps de m'en rendre compte. De fait, elle était partie plus vite encore que je ne l'avais quittée. Mais je n'eus pas de regrets. Je l'avais juste accompagnée lâchement jusqu'au seuil et lui avais fait, quand elle avait démarré, un petit signe. André n'était pas rentré.

C'est juste après que je me sentis libre. De nouveau, je ne sus d'abord que faire de ma liberté, mais j'avais l'habitude. A l'intérieur de cette liberté, toutefois, je me sentis disponible. Cela aussi c'était neuf. On eût dit que de cette liberté, finalement, j'eusse pu faire quelque chose. Rencontrer quelqu'un, par exemple. Je n'étais pas échaudé, cette fois. J'étais déçu. La déception, parfois, peut porter.

Il était tard, maintenant, et André ne pouvait plus tarder à rentrer. Je me fis la réflexion qu'au fond il avait fait un bon calcul, bien qu'il n'eût pas tout prévu dans ce calcul. Ayant laissé Jeanne en lui laissant, à elle, l'impression qu'il ne rentrerait que pour la quitter, il avait ouvert la possibilité que Jeanne et moi, enfin, connussions dans notre relation quelque phase active. Il ne m'avait peut-être, d'ailleurs, emmené avec eux que pour cette raison.

Qu'importe. J'avais trouvé le moyen, grâce à lui, de vivre avec elle l'amour que je portais à Jeanne. Et que cet amour ne se fût exprimé que pour trouver son terme en l'espace de deux ou trois heures, ce qu'André ne pouvait pas prévoir, n'y changeait rien. J'avais aimé Jeanne et je pouvais, en ce sens, remercier André. Lui, en retour, pouvait me remercier pour avoir rompu à sa place. Je n'en attendais pas de gratitude, au demeurant, car rompre avec Jeanne, somme toute, m'avait moins coûté qu'il ne lui en eût coûté à lui. Le contentieux, dans mon histoire avec Jeanne, demeurait modeste en comparaison de ce qu'ils avaient vécu ensemble. Nous y avions gagné tous deux, André et moi, et Jeanne était la seule perdante, encore que je ne l'eusse pas juré. Quoiqu'elle aimât, ou qu'elle eût aimé, André au-delà de tout. Mais enfin les choses en étaient là, nous ne l'aimions plus, et elle était partie. C'était la vie, ou bien ce n'était pas exactement la vie, je ne savais trop. C'était comme ça.

André fut agréablement surpris, bien sûr, de constater en rentrant l'absence de Jeanne. Je ne lui dis rien sur ce qui s'était passé, excepté en ce qui concernait la conclusion de la courte histoire qui nous avait secoués, Jeanne et moi, mais en la rapportant à leur histoire à eux. Je lui dis simplement que Jeanne était partie, qu'elle avait préféré partir. Avec ta voiture, oui, ne le démentis-je point. Il se fichait évidemment de sa voiture. André n'était pas un monstre, loin de là, encore moins une caricature, c'était un homme délicieux qui vivait la fin d'un amour. Je l'aimais bien et ce qui s'était passé entre nous trois ne modifiait rien à cet égard.

Il me demanda si je n'étais pas trop peiné, pour Jeanne. Je lui dis que non. Il comprit que je n'étais pas trop gêné qu'il l'eût quittée. Il ne sut pas si j'étais peiné de ne la plus voir. Il ne s'en informa pas. Il pouvait d'ailleurs supposer qu'en dehors de lui j'avais la possibilité de la revoir. Jeanne était une amie. C'est quand même fini, nous trois, dit-il. Je lui demandai s'il regrettait. Non, dit-il, mais c'était quand même bien. Ça va être dur, de trouver aussi bien.

Tu peux trouver mieux, dis-je.

Il eut un sourire faible. Il se demandait si je plaisantais mais ne me le demanda pas. La matinée s'achevait et j'avais faim. Nous déjeunâmes de boîtes, en buvant un peu plus de vin qu'à l'ordinaire, un peu moins toutefois que ne l'eût réclamé une fête. L'après-midi, comme nous n'avions plus de voiture, nous partîmes nous promener à pied. André ne voulait pas retourner skier, je ne voulais pas le laisser seul. Nous longeâmes des champs brûlés par la neige et nous attardâmes du regard, distraitement, sur des mamelons couverts de sapins. Nous nous arrêtâmes face à une pente, aiguë mais courte, où l'on avait jeté des sacs de jute sur des cultures. Un écriteau nous apprit qu'il s'agissait, ici comme ailleurs dans la région, de revégétaliser les carrières de pouzzolane. André m'expliqua ce que c'était que la pouzzolane. J'étais content de m'instruire auprès de lui.

Puis nous nous perdîmes un peu. Nous marchâmes plus que prévu et le soir tomba. Au chalet, André me confia qu'il voulait se coucher tôt. Le lendemain, nous irions skier. Tu vas bien skier un peu, non ? me dit-il.

Evidemment, dis-je, je suis venu pour ça.

Ce n'était pas tout à fait exact, mais j'avais bien envie de skier un peu le lendemain. J'y pensai même en me couchant. Je me vis glisser sur une piste bleue, tranquillement, bien stable sur mes jambes, puis la piste se fit noire, tout comme la nuit.

Je m'éveillai tôt. Je secouai André mais n'en tirai qu'un râle. Il me fit comprendre, ensuite, en grognant de façon expressive, qu'il ne désirait pas sortir. Moi si, dis-je. J'ai furieusement envie de sortir. Je sortis.

Je partis louer des skis. Je prenais à cœur, déjà, mon programme de remise en forme et c'est en petites foulées, au prix d'essoufflements qui m'obligèrent à quelques pauses, que je descendis la rue vers le bas des pistes, du côté des loueurs de matériel. Arrivé devant le magasin, je pris ma place dans la queue qui débordait sur le trottoir et, quand vint mon tour, j'essayai des chaussures et reçus une paire de skis. On ne peut pas, en effet, dans un magasin de location de skis, essayer des skis. Question d'espace. Je mis les skis à l'épaule et, ayant laissé mes après-ski au magasin, partis en chaussures de ski en direction des pistes. Evidemment, on ne fait pas du ski toute l'année, et le souvenir des chaussures de ski, chaussées nécessairement avant les skis mais après les après-ski, à force s'efface. On se souvient certes qu'il est pénible, les ayant aux pieds, de marcher, mais on oublie les détails. Or ce sont, ici, les détails qui comptent. L'attaque du talon, par exemple, qui retentit dans toute la cheville, suivie de l'application problématique de la plante, qu'au contraire on ne sent plus. Puis la douleur au niveau du cou-de-pied quand il s'agit de s'élancer de nouveau, en principe, au moyen des orteils, qui, pris dans leur gangue rigide, n'ont pratiquement plus d'existence. C'est pour cette raison sans doute qu'on pense, en ces instants, à ses pieds comme jamais auparavant. Mais on y pense comme à une composante lointaine du corps, exilée dans quelque prison sans droit de visite. Nos pieds, véritablement, sont coupés du monde et, pis encore, de nous-mêmes. Or nous n'avons pas la consolation de nous dire que, bien qu'ils soient loin de nous, ils vivent leur vie. C'est qu'ils ne nous font pas seulement mal, ils nous font peine.

La perspective de chausser les skis, dès lors, si elle n'est pas vécue, concernant nos pieds, comme l'annonce de leur libération, on l'envisage tout de même comme une réduction de cette peine. Et il est intéressant de noter que, à l'intérieur de cette discipline particulière, plus on avance dans le harnachement, plus on va vers la délivrance. C'est en somme une conception conditionnelle de la liberté, assez en accord avec nos régimes libéraux, qui associe au travail et à l'effort cet imprescriptible droit. Ici, donc, pour les fainéants, pour les fragiles, nul salut. Passé ce seuil, bien sûr, c'est, sur les pistes, le plein exercice de la puissance. Quant à ceux qu'effraie le mal aux pieds, il leur reste le centre-ville et les trottoirs. Encore les y tolère-t-on. Mais il n'est pas certain qu'on les considère. Et d'ailleurs, bientôt, les voilà punis : dans ces stations mal conçues, comme leur nom du reste le suggère, pour la promenade, ils s'ennuient ferme.

J'avais omis, avant de louer mon matériel, de faire la queue pour les forfaits. Je dus donc gagner, ainsi chaussé, le bureau des forfaits. De nouveau, j'y fis la queue. En attendant, mon regard voguait, toujours vers le haut, de droite à gauche, du remonte-pente aux télésièges et, de là, aux télécabines. Franchement, pour un début, je préférais le remonte-pente. A ce niveau, il ne montait qu'à mi-pente, laquelle ne s'inclinait guère, ce qui, songeai-je, me suffirait amplement pour commencer. Je skierais avec les enfants et les grand-mères, en révisant mon chasse-neige.

J'eus la confirmation, comme je m'y attendais, que j'avais pas mal perdu en vingt-cinq ans. Sur une pente dont la déclivité équivalait à celle, notablement faible, du tapis roulant de la station Châtelet dans la partie où elle mène au RER, je me sentis entraîné. Mon chasse-neige, tout comme la neige, du reste, dangereusement absente par endroits, ne tenait pas. Les jambes écartées, je sentais mes cuisses comme du bois, et j'avais le cœur qui sautait. J'éprouvais le besoin de réunir mes jambes, pour les déraidir, mais je ne pouvais le faire qu'en travers de la pente, faute de quoi j'y glissais. J'avais peur de glisser. En temps normal, ça n'est pas très gênant, d'avoir peur de glisser, mais c'est ennuyeux pour le ski.

Des enfants slalomaient autour du ressaut de terrain où je m'étais réfugié, dominant une situation qui, n'était la réflection du soleil sur la neige, ne me semblait guère brillante. J'avais beau ne pas bouger, on trouvait le moyen de me frôler. Je dus quitter mon refuge et, comme on dit pour les piscines, ou comme on ne dit pas, plutôt, par crainte du ridicule, faire quelques largeurs. Je tombai. Je n'aime pas les combinaisons de ski. Je n'en portais pas, et mon jean était trempé. Je me relevai et tombai de nouveau. J'eus froid, j'avais les fesses dans la neige. Une femme tomba sur mes cuisses.

C'était à peu près le genre de femme que j'étais venu chercher. Car j'étais venu chercher une femme. J'avais envie d'une femme comme jamais. Le fait d'avoir rompu avec la toute dernière en date, et de mon propre gré, au contraire de ce qui s'était passé avec Odile, m'avait donné confiance. Voilà qu'en plus j'avais de la chance. L'un entraîne souvent l'autre.

C'était une skieuse de niveau moyen, genre piste rouge. Je le sentais. Je me doutais qu'elle venait de plus haut que le haut du remonte-pente, d'un remonte-pente situé plus haut et auquel on accédait par le télésiège. Nos skis s'étaient mêlés. Pas nos salives, non. Pas encore. Mais je croyais en moi. Je n'avais même pas honte d'être tombé. Je me levai pour la lever, et c'est peut-être la chose que je n'eusse pas dû faire. Je retombai. De surcroît, je perdis un ski. Il glissa droit devant nous. Je me relevai, songeant à m'élancer à pied sur la pente pour le rejoindre, mais c'était trop tard. J'eus une vision de ski fou percutant un enfant. Il s'arrêta cinquante mètres plus bas, ayant pris la tangente vers les sapins, sur l'amorce d'un remblai. Il faut quand même que j'aille le chercher, dis-je.

Je n'avais pas demandé à ma skieuse de m'attendre, mais je ne lui avais pas dit non plus au revoir. Je comptais beaucoup sur sa politesse. Elle avait l'air polie, sous son petit bonnet noir. Je n'avais pas encore vu ses yeux derrière ses lunettes, mais, encore une fois, elle était tout à fait mon genre. Sa combinaison, en dépit de ce qu'implique de plissé, voire de vague ce type de vêtement, laissait à penser que, si elle avait porté un fuseau, il l'eût merveilleusement moulée. Et j'avais tout de suite eu un faible pour ses lobes d'oreilles. Son bonnet n'en coiffait que le pavillon.

Je partis en hâte récupérer mon ski. J'avais fait cette autre bêtise, sans doute, de ne pas déchausser l'autre. Je comptais rejoindre le remblai dans le style patineur, ou patinette, plutôt, en poussant de mon pied libre pour faire avancer mon ski. Raisonnablement, je déchaussai en route. Je mis mon ski à l'épaule, après que par-dessus celle-ci j'eus jeté un regard à ma skieuse. Elle s'était levée et, les skis écartés vers le haut de la pente, s'aidait de ses bâtons pour effectuer un demi-tour. J'avais peu de temps. Quand j'atteignis le remblai, je me retournai et la vis s'élancer. Mais j'étais plus bas qu'elle.

Je chaussai mes skis et m'élançai dans le biais de la pente, escomptant la rejoindre. En fait, je partis très vite et, non content de la rejoindre, je faillis la heurter. Pour l'éviter, j'obliquai vers le haut, par prudence mais aussi par miracle, car j'avais oublié la technique du virage. Je la laissai prendre de l'avance. Puis je filai droit derrière elle, tout schuss.

Sur ma lancée, je désagrégeai une famille. Le père, séparé de ses enfants, m'incendia du regard. Je ne le soutins pas. J'avais besoin de mes deux yeux pour voir ce qui m'attendait : une construction en bois, au bas de la pente, le long de quoi progressaient des piétons. Des piétons dans la neige, donc, en après-ski, qui, au terme de la piste, méprisaient les usages. A moins qu'on ne les eût chassés du centre-ville, ceux-là, et que la ligue pro-ski, ou proskiste, ne se fût constituée en milice et ne les eût jetés à la neige tels quels, sans leur donner le moyen d'y glisser.

Je m'étais déjà lancé dans un schuss, vingt ans plus tôt, mais jamais avec un tel bonheur. Je filais comme une flèche et, je dois le dire, la vitesse commençait de me griser. Je surpris sur les côtés quelques coups d'œil où se lisait sans peine l'admiration mais aussi, me sembla-t-il, une légère inquiétude. Le fait est que, dans mon schuss, j'utilisais une technique assez personnelle pour qu'elle pût intriguer. Elle empruntait largement à celle du chasse-neige, mes skis demeurant éloignés l'un de l'autre, mais, et mon emprunt s'arrêtait là, dans une position rigoureusement parallèle. Et, peinant à réunir mes jambes, je tentais de faire en sorte, faute de mieux, que mes skis ne convergeassent point. La vitesse seule, en vérité, me permettait de relever un tel défi.

Ce n'étaient pas tant les piétons, au fond, qui m'inquiétaient que l'édifice en bois. Les piétons, à la rigueur, pouvaient s'écarter, mais l'édifice, non. C'était clairement à moi de le faire. J'escomptais donc bien amorcer un virage, et j'en guettais d'ailleurs l'occasion, recherchant du regard quelque déclivité latérale où j'eusse pu m'engager, mais non. La piste était, et c'est d'ailleurs tout à l'honneur de la station, absolument plane et droite. Ma skieuse en avait atteint le terme. Elégamment, elle avait viré sur ses skis avec une parfaite assurance. Et ce n'était pas le moindre de ses charmes, du reste, que de se présenter comme une skieuse de niveau rouge pour virer finalement comme au terme d'une piste noire. Je l'admirai. Et je me félicitai, déjà, de ce qu'elle offrît une personnalité que structurait si solidement le paradoxe.

Ma vitesse, sans doute, atteignait alors des sommets et il ne m'était pas interdit de penser que, sur cette piste-là au moins, j'étais en train de battre quelque record. Cependant, mes jambes me lâchaient, elles tremblaient, et je commençais de me dire que j'eusse volontiers achevé ma descente en luge, manière de m'asseoir un peu pour souffler. C'est ça, me disais-je, rêve, déconcentre-toi, c'est sûrement le moment. Tu ferais mieux de réfléchir, imbécile. Et, piqué au vif, je dus réfléchir, plus vite, nécessairement, que je ne descendais et, à tout le moins dans le domaine de la réflexion, donc, me dépasser un peu.

Le mur de l'édifice, quant à lui, se rapprochait, et je me trouvais dans l'axe précis de son milieu. Cherche une voie, me fouettai-je. Tâche de virer à droite, sans bouger tes skis, même, on ne te demande même pas de bouger tes skis, ce n'est pas ça qu'on te demande. Mais je ne sais pas, moi, penche-toi, sers-toi de tes bâtons, tiens. Pourquoi tu ne te sers pas de tes bâtons. C'est peut-être ton salut, les bâtons. Pour peu que tu cesses d'en maintenir les poignées au niveau de ta taille. On dirait que tu retiens ta jupe, là, et qu'elle traîne par terre.

Et je ne me donnai pas tort. D'accord, concédai-je finalement. Tu vas voir ce que je sais faire.

Et je m'inclinai sur la droite. En procédant de cette façon, je gagnai vingt bons centimètres en largeur. Je parle du ski de droite. Celui de gauche, comme si son statut de ski de gauche eût été institutionnel, et que pour rien au monde il n'eût changé de tendance, donc, partit sur la gauche. C'est ça, pestai-je, chacun pour soi, continuons comme ça, l'un à droite, l'autre à gauche, on va sûrement arriver quelque part, ensemble. Et je m'envolai.

En l'air, où je me maintins un petit moment, pas très longtemps, en vérité, mais suffisamment au-dessus de la neige pour que je craignisse d'y chuter, je m'aperçus que mes deux skis m'avaient lâché. Bon débarras, me dis-je. Et je me fis la réflexion que, dans ces conditions, il ne me restait plus qu'à choir, sans skis, à savoir sans trop de soucis, au fond, excepté que, quant au genre de chute, je ne pouvais guère me montrer difficile, encore que je ne pusse m'empêcher de caresser le projet d'atterrir par les jambes, et que je luttasse dans cette optique, assez vainement, je dois l'avouer, et sans bien contrôler l'ensemble des paramètres nécessaires, je pense en particulier au vent. Il y avait un peu de vent, je le sentais, mais, aussi bien, il pouvait s'agir d'un effet de ma pure et simple pénétration dans l'air. Auquel cas, je n'eusse guère pu, faute de m'interrompre en vol et de le considérer à tête reposée, influer sur un tel facteur.

Ma tête, au reste, allait heurter la neige, et il était trop tard. Par chance, j'avais vu quelques films de guerre. Je couvris ma tête de mon bras et partis en roulé-boulé. J'effectuai trois tours sur moi-même, puis, je ne sais par quel hasard ou quelle nécessité de la dynamique, pivotai en roulant dans le sens latéral. Je continuai de rouler ainsi, les flancs, après le cou et les épaules, meurtris par la neige en train de geler. Je m'arrêtai à trois mètres de l'édifice en bois, où ma skieuse, immobile, appuyée sur ses bâtons, m'observait. Je n'ai pas dit qu'elle m'attendait. Elle m'observait, oui, depuis un petit moment, imaginai-je, le regard porté vers le point d'où je m'étais élancé, et on conçoit qu'un esprit curieux eût prêté quelque intérêt à ma descente vertigineuse, suivie de cette chute digne d'une cascade. Elle n'était d'ailleurs pas la seule à m'observer. Un petit groupe s'était formé autour d'elle, au sein de quoi, de la position que j'occupais, à plat dos sur la neige dure, il me sembla identifier un pompier. C'est le pompier qui se pencha d'abord sur moi. Là encore, piqué au vif, je me levai. Je n'eus curieusement aucun mal à me lever, mais, une fois debout, j'eus tout de suite envie de m'asseoir. J'avais un mal de chien à peu près partout, et je m'appuyai sur l'épaule du pompier. Comme je ne voulais pas qu'on pût penser que je me retenais à lui, je transformai mon appui en tape. Une petite tape, assez anodine, que je lui donnai sur l'épaule en lui disant ça va aller, mon vieux, merci. En tant que pompier, monsieur, me répondit-il, je me vois dans l'obligation de vous conseiller de prendre quelques cours. Je me demandais ce qu'il faisait là tout seul, ce pompier. Puis, comme il s'éloignait, je le vis prendre la direction d'un parking, dont il réglementa l'accès.

Depuis qu'il m'avait quitté, bien sûr, j'avais du mal à me tenir debout, mais je pris sur moi pour faire bonne figure face à ma skieuse. Je ne sais comment elle dut interpréter les petites grimaces que je produisais pour scander ma douleur, la tête inutilement penchée de côté pour qu'elle ne les perçût pas. Comme elle me demandait si je ne voulais pas qu'elle rappelle le pompier, je tirai la première grimace qui me vint dans le sens du sourire, et, comme j'allais lui dire que ce n'était pas la peine, vraiment, un skieur vint virer près de nous. Il était, lui, du genre franche piste noire et, à le voir stopper ainsi dans une puissante

115

giclée de neige, dans une impeccable volte, on comprenait tout de suite qu'il ne s'embarrassait pas de nuances.

Il jeta un sourire éclatant en direction de ma skieuse, sans se rapprocher d'elle, puis, me découvrant face à elle comme si j'eusse été une tache sur sa combinaison, ou une ombre, qui eût menacé de s'y porter, ou encore je ne sais quoi de parasitaire, de sombre ou de sale, il l'interrogea du regard, sans encore croiser le mien. Ma skieuse, qui, je devais bien en convenir, maintenant, menaçait d'être surtout et d'abord la sienne, me présenta à lui, alors, me demandant que dans le cadre de ce sympathique protocole je voulusse bien lui révéler mon prénom, à elle, ce que je fis avec une légère répugnance, non pas tant parce que je n'aimais pas mon prénom que parce que je le lui révélais devant Alexandre, qu'elle me présenta dans la foulée. Moi, au fait, dit-elle, c'est Meije.

On me pardonnera peut-être d'avoir compris Neige. Neige, vraiment, dis-je. Non, Meije, dit-elle. Ah, dis-je, bien sûr, Meije, et je me fendis d'un sourire assez jaune, car j'observais cependant Alexandre du coin de l'œil. Il ne m'inspirait aucune confiance. Grand, bâti en force, blond jusqu'à l'excès, l'air sagace, toutefois, il me fit la surprise de se détendre et de m'adresser la parole. Je vous ai vu tomber, dit-il. Je ne sais pas si vous le savez, vous n'avez pas bien l'air de le savoir, mais, en ce moment, je vous le dis en toute franchise, c'est à l'hôpital que vous devriez vous trouver. Et il m'administra, sur l'épaule, une tape visiblement amicale dont je craignis tout de suite le pire. Mais non. Je ne m'écroulai pas. Cela ne me fit même pas mal. Ça n'a rien à voir par ailleurs, mais je le trouvais moins antipathique. Votre tape, dis-je, c'est fou, elle ne m'a même pas fait mal. En fait, je n'ai pas tellement mal. Est-ce que ça serait trop vous demander, ajoutai-je toutefois, que de bien vouloir me tapoter l'autre épaule ? C'est juste pour savoir.

Eh bien on dirait que ça peut aller, me dit-il quand il m'eut tapoté l'autre épaule, me tapotant derechef les deux épaules, et je crus qu'il allait me donner l'accolade, non, heureusement, il se recula et me proposa quelques leçons de ski. Deux-trois petites leçons de ski. Une remise à niveau, rien de plus.

Merci, dis-je. Mais je préfère skier à mon rythme. Je ne suis pas très doué pour apprendre. Je partirai de moins haut.

Ça va être difficile, me dit-il.

Ou alors tout là-haut, intervint Meije.

Tout là-haut, c'est les pistes noires, dit Alexandre.

Non, dit Meije, il y a des pistes presque plates, à peine pentues, je veux dire. On y accède par le télésiège. Les pistes noires sont plus bas. Il fait ses petites pistes plates, dit-elle en coulant vers moi un regard d'une douceur problématique, dont je ne sus si je devais m'en agacer, et il redescend par le télésiège. Et puis c'est très beau, là-haut.

On n'a qu'à dire demain, dit Alexandre. Pas cet après-midi, bien sûr. Vous avez besoin d'une pause.

C'est-à-dire que c'est les leçons, dis-je. Je ne me sens pas très fort pour les leçons.

Meije viendra avec nous, dit Alexandre. A trois, ce sera moins scolaire. On skiera comme si ce n'était pas une leçon. Vous prendrez du champ.

Dans ces conditions, dis-je, peut-être.

J'hésitais quand même.

Demain quatorze heures, dit Alexandre.

Où ça ? dis-je, pour gagner du temps.

Devant le grand télésiège, dit Meije.

Je regardai Meije. Un peu, du reste, pour ne pas voir le télésiège, dont la mention, dans sa bouche, avait pris d'elle-même les dimensions d'une évocation puissante. On se souvient peut-être que j'avais le vertige. Mais je regardais Meije, donc, et je me dis que j'avais envie de l'aimer, vraiment. Elle n'avait pas ôté ses lunettes, et j'avais envie de les lui ôter, oui, de lui ôter ses lunettes et de lui baiser les yeux. De lui lécher les paupières. En outre, ses lèvres, elles, étaient nues. J'avais même rarement vu, je l'avoue, une femme à ce point nue des lèvres. Arrête de regarder sa bouche, dus-je même me dire. Mais, rien à faire, je ne pouvais plus, maintenant, me détacher de sa bouche. Des pensées obscènes me venaient. Bon, dis-je, et j'expirai à fond. C'est ça, me dit Alexandre, soufflez, ça va vous faire du bien. C'est souvent après qu'on a besoin de souffler, c'est les poumons qui ont été comprimés, il faut qu'ils se relâchent.

Nous marchâmes un peu ensemble pour regagner le centre-ville, et ce n'est qu'après que nous nous dîmes à demain. Entre-temps, nous avions parlé un peu. Meije était pigiste dans un journal de province, Alexandre achevait une thèse sur les papillons. Il disait papilionacées. Ça doit être intéressant, dis-je, les papillons. De nuit, dit-il. Uniquement de nuit. Je travaille sur les papillons de nuit.

Je ne lui dis pas que je n'aimais pas les papillons

de nuit. J'en ai une sainte horreur. Mais Alexandre, maintenant, m'était sympathique. Je n'étais cependant pas certain que Meije pût compter sur l'amour qu'il semblait lui porter, prenant parfois sa main, épaissement gantée, au creux de la sienne, où elle disparaissait en dépit de son gant. Sa main à lui aussi était gantée. Mais je ne sais trop quoi chez Alexandre me laissait à penser qu'il n'était pas fiable. Quelque chose comme un retrait à peine perceptible, une réserve d'autant plus notable qu'elle émanait discrètement de ce grand corps, et qui indiquait qu'Alexandre se protégeait d'un vague danger, qui était peut-être au cœur de lui-même, comme l'amorce d'une plaie, lequel danger eût été simplement l'amour. Et, me disais-je, il était peut-être grand temps que j'intervienne.

Quand je rentrai au chalet, chaussé de mes après-ski que j'avais récupérés au magasin de location, avec mes skis sur l'épaule et mes chaussures dans un sac, tous articles loués pour la semaine, j'étais encore dolent mais assez en forme, finalement, comme si ma chute, précédée de ma descente, avait contribué à m'échauffer. Je me sentais bien sur mes jambes, et je m'apprêtais à informer André de mon nouvel état, qui ne cessait de se bonifier, en vérité, depuis le départ de Jeanne, quand je m'aperçus qu'il avait laissé un mot sur la table. Je fis le tour du bloc-toilettes, à toutes fins utiles, poussant la porte des toilettes et celle de la salle d'eau, mais André, donc, n'était pas là, raison pour laquelle il m'avait laissé un mot où il m'expliquait les raisons de son absence.

André – je dus relire le mot deux ou trois fois avant de m'en convaincre – était parti, utilisant à cette fin le service des cars à destination de Clermont, avec toutes ses affaires, pour finalement tenter de renouer avec Jeanne à Paris. Il l'aimait. Il s'était trompé. Il ne me proposait pas de rentrer avec lui, estimant qu'il s'agissait cette fois d'un projet trop personnel, et trop douloureux, surtout, pour qu'il pût m'y associer sans que j'en fusse gêné. J'étais un peu déçu de ne pas revoir André, mais, somme toute, j'étais heureux pour lui qu'il se fût trouvé quelque horizon à atteindre. Depuis le départ de Jeanne, il manquait, me semblait-il, très sérieusement d'horizon.

Dans son mot, André m'expliquait également qu'il me laissait le chalet, dont la location était payée, et me souhaitait de profiter de la neige, puisque aussi bien j'avais exprimé le désir de skier – il ne m'avait pas laissé d'argent pour les forfaits. Je rentrerais, précisait-il inutilement, par mes propres moyens.

J'étais surpris, sans doute, de me retrouver seul, soudain, quand j'étais parti pour vivre une semaine en compagnie de deux personnes, mais, au fond, et comme je savais que le lendemain j'allais revoir Meije, je discernais dans la forme que prenaient les choses une façon de logique. Et, une fois que je me fus fait au départ d'André, tout alla pour le mieux, jusqu'au moment où il me sembla, étrangement, que ma solitude, ou mon isolement, n'avait pas été choisie. Mais, je m'en aperçus bientôt, ce n'est pas cela qui était étrange. C'était plutôt que, tournant en rond, ou plus justement en carré, autour du bloc-toilettes, je m'ennuyais.

Je ne savais pas quoi faire, aucune envie de lire un journal, par exemple, pas même le désir d'une petite sieste dont j'eusse pu penser qu'elle m'eût été bénéfique, après l'effort que je venais de fournir. Au contraire, je me sentais tonique, très, mais pour autant je n'avais pas envie de ressortir. Je souhaitais au contraire, dans ce chalet, puisque André m'y autorisait, me sentir chez moi ou, si l'on veut, qu'autour de moi à partir de maintenant il y eût un lieu qui prolongeât cette sensation que j'éprouvais de me réappartenir. L'idéal, me dis-je, pour trouver une issue à mon excitation tout en demeurant enfermé avec moi-même, eût été de frapper dans un punching-ball, voire dans un sac de boxe, mais il n'y avait rien de tel ici, bien sûr, et, par analogie, je repensai au squash, que j'avais abandonné. Mais, surtout, je repensai à Odile.

Il était clair, évidemment, que dans la forme où je me trouvais j'eusse pu sans problème happer Odile, cette fois, et l'achever en la précipitant avec une parfaite aisance contre le premier mur. Mais, d'une part, comme on sait, depuis mon départ de Paris, mon animosité à son égard était tombée, et, d'autre part, et surtout, Odile n'était pas là. Je ne risquais pas non plus, en pensant très fort à elle, de la faire venir. Je dus donc me débattre non avec elle, mais avec son absence. En fait, maintenant que j'y songeais, je ne parvenais plus à penser à autre chose, à l'exception de Meije, ça va de soi, mais, je m'en apercevais, je le savais, d'ailleurs, on ne vit pas toujours tout sur un même plan, et, tandis qu'à l'arrière-plan je pensais à Meije, donc, au premier plan, en quelque sorte, mais ce n'est pas une question d'importance, c'est plutôt une question de point de vue, je pensais à Odile. Et c'est son absence, donc, c'est cette absence de mouche, que je devais, pour me calmer, m'appliquer à chasser.

Or, j'eusse pu m'en douter, on ne chasse pas aisément une absence de mouche. Il est d'ailleurs curieux, notai-je, d'avoir au creux de l'oreille, en lieu et place d'un bourdonnement, ce qui, m'apparut-il, en constitue le manque. Le silence, ici, dans l'état de fébrilité où je me trouvais, devenait presque intolérable, et je me mis à produire, avec la bouche, de menus bruits afin de le meubler. En vain. Mes petits bruits m'agaçaient. Je ne savais trop pourquoi, du reste, je continuais de m'exciter contre cette mouche qui n'était même pas là. Elle eût aussi bien pu être morte. Justement, me dis-je. Voilà. C'est ça. C'est de ça que tu as besoin pour te calmer. Si Odile est morte, ce n'est plus comme si elle était absente. Une mouche morte, ce n'est pas une absence, ce n'est rien, ça ne compte pas. Et, calculai-je, au jugé, il y a quelques chances qu'Odile soit morte, maintenant. D'autant plus qu'au fond, comme elle n'est pas là, tu peux en décider tout seul. Soit, me dis-je. Enterrons-la. Paix à son âme.

Je me sentis nettement mieux pendant un moment, tout occupé que j'étais de la pensée de Meije. Ce n'est que plus tard que je compris qu'en me débarrassant d'Odile je m'étais ôté toute possibilité de rester enfermé dans le chalet. Car, je le savais d'expérience, il n'y avait rien à faire dans ce chalet. Or j'avais diablement besoin d'exercice, mais, comme auparavant, je ne me décidais pas à sortir. Je m'étais retrouvé, j'étais à peu près à l'intérieur de quelque chose qui était moi et dont les murs du chalet figuraient les limites, à distance, de sorte que j'y gagnais en espace tout en demeurant en moi. Et je ne voulais pas, en sortant, courir le

125

risque de je ne savais quel changement qui m'eût laissé de nouveau interdit, incapable de me prendre en main tel que je serais devenu. Non, me dis-je. Tu dois rester toi-même. Cesse de t'échapper. Concentre-toi. La solution est en toi.

Bon, pensai-je. Très bien. Et je me mis à courir autour du bloc-toilettes. C'était évidemment une idée géniale, et je ne comprenais pas comment je ne l'avais pas eue plus tôt. Bien que j'éprouvasse quelque difficulté quand j'abordais les angles, le chalet, comme je l'ai dit, et comme il est d'ailleurs normal, étant de forme carrée, je me rompai bientôt à cette contrainte, et, tournant quatre fois, donc, par tour du carré, autour du bloc-toilettes, je négociai les virages, dès le septième tour, avec une réussite qui décuplait ma jouissance. Je n'ai pas précisé, mais est-ce bien utile, que les deux portes d'une des chambres, qui donnaient, l'une, sur l'autre chambre, l'autre, sur le couloir accédant aux toilettes et à la salle d'eau, étaient restées ouvertes. Je m'élançais ainsi, à chaque côté du carré, dans une sorte de couloir, couloir de la première chambre, couloir de la seconde chambre et du salon – que séparait une cloison élevée à mi-hauteur de la pièce –, couloir de la cuisine, couloir du couloir, et, s'il m'était impossible, bien sûr, d'y sprinter, en revanche j'y joggais avec aisance, avec chaque fois le plaisir retrouvé, à chaque coin, de virer en freinant sur l'aile, tantôt dans un sens, tantôt dans l'autre, du reste, de sorte que je bénéficiais, en plus des virages, du plaisir de piler pour effectuer un demi-tour, et qu'au total je disposais d'un entraînement assez complet, impliquant travail du souffle et sérieuse sollicitation des jambes.

Je bouclai ainsi une quinzaine de tours, mais, au moment qu'il me semblait atteindre le plein de mon régime, je fus pris sans transition d'un petit coup de faiblesse, et je dus m'asseoir sur le lit. Réflexion faite, je m'y allongeai, puis je ne sus pas, cette fois, que je m'endormis. Quand je m'éveillai, on était aux environs de dix-sept heures. Je ne parvins pas à me lever. J'étais bien, là, allongé sur le lit, et j'y restai, jusqu'à l'heure du coucher, dans cet état d'esprit où l'on se trouve lorsqu'on attend que le corps, privé de forces, vienne de soi-même avec le temps à quitter sa torpeur. Mais ce moment ne vint pas. Au reste, je ne m'en alarmai nullement. Et, comme j'étais couché, donc, il ne me resta plus grand-chose à faire pour me rendormir.

A mon réveil, je me souvins que j'étais désormais seul. Je revins sur le départ de Jeanne, puis sur celui d'André, dont je crus tout d'abord me rappeler que j'avais été, comme pour celui de Jeanne, le témoin privilégié. Puis il me ressouvint que, du départ d'André, je n'avais jamais observé que la mention et le commentaire, sur le mot que mon ami m'avait laissé. Et autant, me rappelant Jeanne, la folie où elle m'avait plongé puis mon soudain désistement à son égard, je tentais de me représenter son absence, finalement, comme une chose normale, que de surcroît j'avais provoquée, autant, à propos d'André, j'avais l'impression qu'il ne s'était rien passé de si patent que j'eusse pu, en parcourant le chalet, et en constatant son absence, m'en assurer d'un simple coup d'œil. J'avais cependant foi dans l'écrit, la seule foi qui en vérité ne m'eût jamais quitté dans la vie, et, retrouvant le mot d'André, puis le rapportant à l'absence physique de mon ami, je me convainquis que ce que j'y lisais était vrai. Trace écrite, donc, puis, mais seulement après, vérification par les faits, il ne m'en fallut pas plus pour me persuader que mon séjour à la neige, voire ma vie, entrait dans quelque phase évolutive, et, constatant que la matinée, depuis mon réveil, ne m'avait pas attendu pour courir vers sa fin, je m'affairai vivement dans l'idée de déjeuner puis de m'habiller pour sortir.

Debout à onze heures, donc, j'étais prêt à la demie, et j'eus encore devant moi trois heures à tuer, ce qui faisait beaucoup pour un homme n'ayant qu'une idée en tête, tuer le temps, précisément, sans vraie possibilité de se distraire. Outre que, de même que dans le chalet, à part lire – et il eût fait beau voir, dans l'état d'excitation où j'étais, que je lusse –, les stations de ski n'offrent guère de cadre propice à l'attente, je n'avais pas envie de me distraire, non, j'avais envie de penser à Meije, au moment où je la retrouverais, et le temps, sous l'effet de cette pensée, passait moins vite que je ne l'eusse espéré. Au vrai, il ne passait pas du tout, et le fait de penser à l'expiration du délai qui me séparait de mon rendez-vous avec Meije ne semblait en rien la rapprocher. Vue de

129

l'esprit, certes, puisque, tandis que je m'interrogeais sur les raisons pour lesquelles le temps ne passait pas, il passait tant soit peu, et c'était toujours ça de gagné. D'autant que, moins endolori que courbatu, sans doute, mais à tout le moins raide, et par endroits comme noué, j'effectuai quelques exercices. J'étais resté au chalet, préférant m'y assouplir et non courir les rues, où, ayant rejoint l'extérieur, à savoir, par opposition au chalet, une dimension plus proche de celle où je devais retrouver Meije, et qui du reste l'englobait, l'attente de l'heure de mon rendez-vous avec la jeune femme eût été probablement plus rude. Dehors, en effet, j'en avais la conviction, je n'eusse pas pu me retenir de gagner le départ du télésiège, et d'y piétiner en attendant Meije, encombré de mes skis et de mes chaussures, et, bien que je ne me souciasse guère de moi-même, en vérité, je tenais à me ménager un peu.

Après mes exercices, je déjeunai, trop tôt, d'une boîte que j'avais rapportée parmi d'autres de mes courses pour la semaine, destinées au départ à trois personnes. J'avais, donc, de quoi voir venir. J'usai deux heures encore ou presque à tourner et à virer dans le chalet. Il ne s'agissait plus d'échauffement, ici, mais d'une simple occupation de l'espace et du temps, les deux entreprises étant menées de front, indissociablement, et revêtant ensemble le même caractère aléatoire, quoique extensif, parfois, et à plusieurs reprises je me heurtai aux murs, sans violence, il est vrai, tel l'arpenteur touchant au terme de sa mesure. Après quoi, ayant constaté que je tenais à peu près en place dans mon étroit carré, que je n'y explosais pas mais qu'il était grand temps, toutefois, que je m'en évadasse si je voulais faire l'économie de sombrer dans la démence, je gagnai le lieu de mon rendez-vous.

Meije était là, devant le départ du télésiège, chaussée de ses skis sur la neige tassée, appuyée sur ses bâtons dans une attitude rare, m'apparut-il, et que je n'avais jamais observée chez aucun skieur. Il est assez fréquent, en effet, qu'au bas d'une piste on guette, dans une position perpendiculaire à la pente, installé sur ses bâtons, d'un regard ascendant quelque compagnon de descente attardé dans les hauteurs. Mais il n'arrive point que, dans cette même position de repos, ce soit vers le bas que le regard se tourne. Car, vers le bas, il n'y a que la rue ou, mieux, cette entité bitumée mangée par les congères, où l'on circule mal à la recherche d'une place pour se garer, évitant maint piéton que ralentit son lest. Et Meije, me dis-je, à skis, dans son atypique posture d'attente, le regard orienté vers le bas, ne pouvait faire autrement qu'attirer l'attention. J'en étais gêné. Autant que se pouvait, je hâtai le pas pour la rejoindre. On imagine bien qu'il est difficile, chaussé comme je l'étais, de progresser en direction d'une femme. D'autant que le pas que l'on enchaîne après l'autre vers elle, dans ces conditions, ladite femme ne soupçonne point qu'on le presse. En dépit de l'effort, c'est toujours un homme lent qui vers elle s'avance. Il peine, il trébuche, il s'empêtre, c'est en vain : toujours il apparaît marchant au même rythme, comme si n'avait prise sur lui nulle sensation d'urgence.

De cela aussi j'étais gêné, donc, mais autre chose encore me mettait mal à l'aise : Alexandre n'était pas là. Je ne m'en fusse pas plaint, sans doute, si je n'avais su qu'il surgirait bientôt. Non que je me désolasse qu'il dût venir : c'était prévu. Mais enfin il me laissait espérer un instant que je serais seul avec Meije, et de cette intimité par avance je devais faire mon deuil, travail qui, s'il avait été là, m'eût été épargné.

Quand je l'atteignis, Meije me dominait toujours, car il y avait, au départ du télésiège, encore un peu de pente. Je la saluai puis mis mes skis à terre, que je chaussai. Nulle fausse manœuvre à ce stade, je ne glissai pas, me redressai sur mes bâtons et rencontrai, faute de son regard, les lunettes de Meije où, par chance, grâce à la déclivité, je ne pus

pas me voir, n'y surprenant que l'éclat monolythi-
que du ciel. Et, à cette femme dont le regard n'exis-
tait pas, masqué qu'il était par le jeu maintenant
changeant de la lumière, comme si, faute de se
révéler, il se fût dédouané de son absence en dési-
gnant ailleurs qu'en lui-même la beauté du monde,
je demandai platement où était Alexandre. Il nous
attend là-haut, me dit-elle. Il est venu plus tôt que
nous pour skier un peu seul.

Je ne répondis rien. Mais, à première vue,
Alexandre envisageait ma présence comme un
poids. C'était pourtant lui qui m'avait proposé une
leçon. Bah, me dis-je. L'essentiel c'est que Meije,
si j'ai bien entendu, ait comme insidieusement usé
de cette première personne qui, en son mode plu-
riel, m'a tenu un instant si fort serré contre elle.
Allons-y, donc, enchaînai-je.

J'emboîtai, par conséquent, le pas à Meije en
direction de la solide, espérai-je, infrastructure
d'où partait, pour y revenir, en sa cliquetante noria,
l'inquiétant train du télésiège. Insérés dans une file
pesamment pressée d'aller se pendre, là-haut, au-
dessus des pentes, nous attendîmes notre tour. Il
vint vite, trop vite, et je n'eus que le temps, comme
Meije déjà s'installait à sa place, de me hisser à la
mienne du bout des fesses, sur le siège qu'empor-

tait trop tôt le câble auquel il pendait, et qu'entraînait sans frein une machinerie que l'homme, cet être a priori variable, comme le lièvre, sujet en particulier aux changements de régime, ne semblait point gouverner. Et c'est continûment, irrésistiblement, sans autre à-coup que celui, au-dessus de nous, qu'accompagnait un dantesque grondement et qu'induisait le franchissement de quelque jeu de poulies, que je me sentis tiré, sans que j'y pusse rien faire, vers le haut, donc, puisque rapidement, en effet, l'évidence s'imposait, avec son noir cortège d'arrière-pensées, que nous montions.

Ce n'était qu'un début, sans doute, mais c'était aussi le plus dur, car, en dépit de la régularité du mouvement, c'est tout soudain que je vis sous moi s'ouvrir le vide. Meije, me voyant, ou m'imaginant pâlir, s'aperçut dans le même moment que mes skis, loin de reposer sur le cale-pied disposé à cet effet, comme c'eût été le cas si, dans mon empressement à me hisser, je n'avais pas omis de faire en sorte qu'ils y reposassent, pendaient au-dessous de moi et du cale-pied, obliquement, dans le vide, tirant de tout leur poids, augmenté de celui des chaussures, sur l'ensemble de ma personne, heureusement cramponnée à la barre d'appui que Meije, moins par prudence que par souci de me rassurer, du reste, avait rabattue par-devant nous. Et, me tenant à cette barre, aidé des conseils de Meije, je ramenai l'un après l'autre mes skis sur le cale-pied, heureux, enfin, que mon poids tout entier ne fût pas seulement soutenu par le câble, mais qu'également il s'exerçât sur quelque illusion de socle, par quoi fût conjurée mon angoissante séparation d'avec la terre.

Je ne bougeai plus. Le vertige, cependant, poursuivait son office, et, comme je considérais tantôt le ciel afin de m'y fondre, tantôt, dans une même optique, Meije dont je rencontrais les lunettes où se mirait le même ciel, j'en vins à considérer mentalement la barre que j'empoignais avec une suspicion croissante, eu égard à sa fiabilité de barre, fiabilité dans le sens de quoi, me dis-je, ne militait peut-être pas tout à fait son caractère mobile, non plus que son léger tremblement sous mes doigts trop raides. Je songeai à lâcher cette barre, donc, pour m'accrocher au montant qui s'élevait sur ma gauche, mais, m'apercevant que Meige (à droite) était plus proche de moi que le montant, je décidai, assez follement, sans doute, comme le voulait la rencontre mais aussi la concurrence en moi de deux ivresses, celle du vide et celle du désir, qui impérieusement, m'avisai-je, réclamait son dû, de m'accrocher à Meije. Excusez-moi, lui dis-je toutefois avant d'agir, tenant toujours la barre, je crois que je vais lâcher cette barre, Meije, je n'ai pas trop confiance dans cette barre, et, si vous n'y voyez pas d'obstacle, je vais prendre à la place votre bras, que je vais tenir, sans pour autant m'y pendre, bien sûr, ajoutai-je, je ne suis pas fou, j'ai trop conscience du danger pour m'y pendre, mais j'aimerais bien le prendre, oui, si vous le permettez, car vous voyez bien que j'ai peur, vous voyez bien que c'est la peur qui me pousse à cette demande. Si ça peut vous aider, me dit Meije, personnellement ça ne me gêne pas, mais il faut d'abord que vous lâchiez cette barre. Oui, dis-je. Je sais.

Au vu de mon hésitation, qui se prolongeait d'autant plus que nous continuions à nous élever, si loin du sol à présent qu'à craindre davantage d'y chuter je me faisais l'effet d'un enfant donnant vie à quelque danger hors de mesure, et qui dans l'abstraction pour finir s'annule, je me disais qu'au point où nous en étions je pouvais tout aussi bien lâcher la barre, que je ne lâchai toutefois pas. Ne la lâchez que d'une main, me conseilla alors Meije. Bonne idée, dis-je.

Et, libérant ma seule main droite, j'empoignai le bras de Meije, mais, rencontrant du coude le dossier du siège, dont je me fis la réflexion qu'il était plus stable, j'y allongeai le bras afin que sur un peu de dur il prît appui, tout en cernant Meije, là-bas, au bout de mon bras légèrement fléchi à l'horizontale, d'une main qui se refermait sur ses côtes. J'avais, consécutivement, arraché ma main gauche à son lointain exil, coupant tout pont avec la barre, et c'est de cette main gauche, maintenant, que je m'accrochai au bras de Meije, ce dont je l'avais d'abord priée, sans doute, mais dont je n'avais plus guère besoin, en vérité, me sentant rassuré par l'application de mon bras droit sur le dossier du siège. Tenant donc Meije de part et d'autre, ma hanche contre sa hanche, je parvenais malgré le froid, au bout de quelques secondes, à me pénétrer de sa chaleur, et, regardant face à moi, dans la même direction qu'elle, je me dis que je ne la lâcherais plus, désormais, méditant déjà le projet de l'habituer à ma présence, à cette chaleur que je lui donnais comme elle me donnait la sienne. Oui, me disais-je, il s'agit de tenir, de la tenir, de la garder ainsi, contre moi serrée, le plus longtemps possible, mais peut-être, me disais-je encore, serait-il temps de lui dire un mot, de commenter cette scène où elle ne tient qu'un petit rôle, jusqu'à présent, où nous ne tenons tous deux qu'un petit rôle. Mais nul mot ne me venait, nul mot qu'excessif, j'entends, de sorte qu'il était plus sage, calculai-je, de me taire, de me contrôler, tout en continuant de la tenir, en la pressant un peu, peut-être, oui, me dis-je, pressons-la donc un peu, habituons-la aussi à cette pression, il n'est pas trop tôt, non, d'autant que je ne la sens pas se raidir, je la sens molle, même, Meije, finis-je par dire, murmurai-je, plutôt, Meije, mais elle ne m'entendit pas, mon souffle se perdit dans l'air, dans le cliquetis, et la gare, ou l'arrivée, là-bas, surgissait devant nous dans le soleil. Il va falloir me lâcher, maintenant, dit-elle doucement.

Attendez, dis-je, tout aussi doucement, attendez, nous n'y sommes pas encore. Il faut vous préparer quand même, dit-elle. Oui, dis-je, mais nous n'y sommes pas encore, et je la serrai plus fort, plus près.

Au-dessous de nous, le vide décroissait, je pris sur moi de regarder au sol. Nous surplombions, de vingt mètres à peine, du haut de notre télésiège, le départ d'un remonte-pente, et j'entendais le chuintement des perches lâchées par les skieurs lorsque, passé le souple tuyau en épingle à cheveux qui les renvoyait tel un bumper vers le haut de la piste, elles en épousaient la courbe oscillant encore sous les chocs. Le temps que je me rendisse compte, à en suivre le mouvement, que le vertige m'avait quitté, et déjà nous devions nous enlever de nos sièges, car nous touchions au terme de l'ascension. Meije, brusquement, me repoussa à ma place et, relevant la barre d'appui au-dessus de nos têtes, m'intima de sauter, un peu emphatiquement, jugeai-je, comme s'il se fût agi d'un parachutage, quoique utilement, car notre siège, loin de freiner afin que nous puissions toucher terre, poursuivait avec régularité sa course. Je n'eus que le temps de le quitter avant qu'il ne virât pour redescendre, à vide, et de me recevoir, jambes écartées, sur un surprenant glacis que n'accusait heureusement qu'un dénivelé faible. Quelques mètres plus loin, quand je m'immobilisai auprès de Meije, j'avais seulement failli tomber.

Je ramenai mes skis l'un contre l'autre, et, interrogeant Meije du regard, attendis qu'elle me guidât vers quelque endroit, en ce sommet de montagne, où nous eussions pu souffler. Mais, en guise de réponse à ma silencieuse question, elle s'élança, à l'aide de ses bâtons, vers le départ de la piste, et je dus l'y suivre, tout en me demandant ce qui allait se passer. En effet, je ne voyais pas Alexandre, et Meije n'y avait plus fait allusion.

Je la rejoignis, et, immobilisés de nouveau, face à la pente, cette fois, où se jetait en nous frôlant maint skieur, nous découvrîmes devant nous, plus loin, au-delà des sports d'hiver, l'infini des montagnes. Il y avait plusieurs années que je n'avais rien vu d'aussi vaste ni, je le confesse, car j'avais envie de le confesser et ne le confessais point, je me rattrape, donc, maintenant, puisque tout devient possible, d'aussi beau. Sur quelques rares monts étincelait la neige, et l'ensemble, noyé dans les bruns, évoquait quelque décor lunaire qu'eût commencé d'ensemencer la vie, avec, çà et là, sous l'immensité bleue, des rondeurs naissantes, s'échelonnant dans le lointain où se devinaient des vallons. Je ne bougeais pas, je ne voulais pas bouger, je voulais dire à Meije ce que je dis, maintenant, et j'eusse voulu, faute de le dire, en définitive bouger un peu, oui, tout de même, la prendre au cou et l'embrasser pour sanctifier cette splendeur où nous nous tenions, nos lèvres jointes comme des mains, mais je pensais à mes bâtons, à mes mains, prises, justement, aux lunettes de Meije, où le paysage, parfois, pour un rien, à peine un haussement de tête, une infime torsion du cou, s'abolissait dans un mouvement de pendule quand mon regard s'y piégeait, épris de cette femme sans yeux mais aussi, à cause d'elle, amoureux des montagnes, et je me disais qu'il eût convenu au fond de

141

rester là, avec elle, à contempler l'immobilité du monde, à attendre que sa beauté vînt nous prendre et nous courber tous deux sous l'effet de sa force. Je me disais tout cela tandis que Meije, maintenant, s'apprêtait à descendre. Elle eut vers moi un geste bref, que je ne sus pas interpréter, et quelques mots qu'emporta le vent. Elle fila sur la pente, pas si raide, comme elle m'en avait prévenu, la pente, en dépit de l'altitude où je me trouvais, seul à présent, regardant Meije, cherchant vaguement à la périphérie de ma vision où pouvait bien être Alexandre, m'attendant qu'il posât par-derrière sa main sur mon épaule et m'intimât de prendre ma leçon.

Meije fut à mi-pente, bientôt, et les montagnes, elles, là-bas, restaient parfaitement immobiles, belles comme si la vie, la vie tout entière s'y fût couchée et l'eût baignée de son invisible souffle, et je me dis soudain que je devais rejoindre Meije, ne plus la laisser seule, à aucun prix, ne pas lui laisser croire qu'un instant je pouvais demeurer loin d'elle, jamais plus de deux mètres, me dis-je, et je me mis à penser je ne sais trop pourquoi, ou parce que là-bas vers les montagnes rien ne frémissait, pas même l'air, finalement, comme si à l'instant il se figeait, je me mis à

142

penser que le lendemain, même pas le lendemain, du reste, dans quelques secondes, oui, avant même ou au moment même qu'Alexandre me toucherait l'épaule, car je le sentais, il viendrait me toucher l'épaule, je serais peut-être mort. Et je vis ma mort, donc, je n'avais jamais vu de si près ma mort, je la vis clairement, comme les montagnes, et je fermai les yeux, puis il m'apparut que je criais, rauquement, si faiblement qu'on eût dit un râle, plutôt, que personne n'entendait et dont ma gorge brûla. Et je m'élançai.

CET OUVRAGE A ÉTÉ ENRICHI ET ACHEVÉ
D'IMPRIMER LE VINGT-DEUX DÉCEMBRE MIL
NEUF CENT QUATRE-VINGT-DIX-SEPT DANS LES
ATELIERS DE NORMANDIE ROTO IMPRESSION S.A.
À LONRAI (61250)
N° D'ÉDITEUR : 3172
N° D'IMPRIMEUR : 970810

Dépôt légal : janvier 1998